Für
Valentina

Barbara Jung

Marco Mars

Band 1
Die Entführung

Science-Fiction-Roman

BeJot SF

BeJot-Verlag Frankfurt am Main 2003
eMail: bejotffm@t-online.de
website: www.bejot.de
Cover: Barbara Jung
Herstellung: BoD/Norderstedt

ISBN 3-934582-16-8

Sterne -
voller Geheimnis
ihr lockendes Gefunkel
in des weiten Universums
Dunkel

Einer der Planeten, die sich rund um unsere Sonne bewegen, ist der Mars. Er wird auch der Rote Planet genannt, weil er rötlich schimmert, wenn man ihn am Abendhimmel sieht.

Im Jahre 2120 gibt es dort auf dem Mars zahlreiche Städte, die alle unter riesigen, mit guter, sauberer Luft gefüllten Kuppeln angelegt sind. Auf dem Mars können weder Menschen noch Tiere unter freiem Himmel leben, weil es dort nicht genügend Sauerstoff zum Atmen gibt. Und weil es sehr unbequem wäre, den ganzen Tag in einem Raumanzug herumzuspazieren, hat man die Marsstädte unter Kuppeln gebaut. Den Raumanzug legt man nur an, wenn man die sicheren Kuppeln verlassen möchte.

Auf diesem Roten Planeten wohnt ein Junge. Er ist jetzt ungefähr zwölf Jahre alt, und man nennt ihn Marco Mars. Wie er mit Nachnamen wirklich heißt, weiß niemand. Auch er selbst nicht. Man hatte ihn in einem der großen Raumschiffe gefunden, die ständig zwischen der Erde und dem Mars hin und her pendeln. Sie bringen Passagiere, aber auch Lebensmittel und Maschinen und sonstige Dinge auf den Mars, die man dort dringend braucht.

Als man Marco Mars gefunden hatte, war er etwa anderthalb Jahre alt gewesen. Er hatte in einer Koje gelegen, zugedeckt bis zum Kinn und ganz apathisch, denn er litt an einer Grippe mit hohem Fieber. Man pflegte ihn allerdings schnell wieder gesund. Der Kleine konnte zwar seinen Vornamen sagen, aber seinen Nachnamen nicht und erst recht nicht, wie er so ganz allein auf dieses Raumschiff geraten war. Zwar wurden alle möglichen Nachforschungen nach seinen Eltern angestellt, aber bis heute hat man nicht klären können, wo man sie finden konnte und wer sie überhaupt waren.

Anscheinend verstand der kleine Junge die Frage nach seinem Namen noch nicht, doch brabbelte er ständig: „Marco“, und dann etwas, das sich anhörte wie „Mars“. Deshalb nannte man ihn Marco Mars. Es passte ja auch so gut, weil er jetzt auf dem Mars lebte.

Jeder liebte Marco, und manche der jungen Familien in der Marssiedlung wollten ihn gerne adoptieren. Doch schließlich einigte man sich darauf, dass Ms. Irisaneta ihn zu sich nehmen durfte, die eine Tochter in Marcos Alter hatte. Ms. Irisaneta ist Lehrerin und unterrichtet alle Kinder der mittleren Alterstufe. Das sind nicht viele, nur fünfundzwanzig. Aber im nächsten Jahr sollen es ein paar mehr werden. Dann kommen nämlich neue Siedler in das Kuppelstädtchen Serengeti auf dem Mars.

Seit damals lebt Marco Mars also bei Ms. Irisaneta, die er Mom nennt, wie es auch ihre Tochter Marina tut, die jetzt seine Schwester ist. Sie sind sehr lieb zu Marco, und auch er liebt sie alle beide. Selbst mit Marina versteht er sich gut, auch wenn sie manchmal schrecklich zickig ist.

Zum Beispiel interessiert sie sich überhaupt nicht für das Weltall und die Raumfahrt und all die weit entfernten Planeten, die Marco nur zu gerne besuchen würde. Marina ist in jeder freien Minute bei Dr. Charmody in den Tiergehegen zu finden, wo sie mit den Babys der Tiere spielt, die man von der Erde mitgebracht hat. Wann immer sie Zeit hat, hilft sie Dr. Charmody, den alle Joe nennen, bei der Fütterung und Pflege seiner Schützlinge.

Für Marco hingegen gibt es nichts Interessanteres, als sich in der Nähe des Raumhafens herumzudrücken und die Raumschiffe zu beobachten, wenn sie starten und landen. Und dann träumt er, er könne mitfliegen, nicht nur bis zur Erde oder zum Mond, nein, sondern weit, weit hinaus in die sternenfunkelnde Unendlichkeit des Universums.

Mom hat ihn mit ernsten Worten darüber aufgeklärt, dass er die Sicherheitsbegrenzung dieses Raumhafens niemals umgehen darf, weil ihn sonst die lodernden Feuerzungen der Raketenantriebe mit ihrer höllischen Hitze verbrennen würden. Da würde ihm auch sein Raumanzug nicht helfen, obwohl dieser doch Hitze und Kälte ausgleicht. An dieses Verbot hält sich Marco immer, schließlich ist er ja nicht dumm. Und wer würde auch schon freiwillig in die Nähe dieser gewaltigen Flammen gehen? Das würde doch nur jemand wagen, der nachher so aussehen möchte wie ein verbrannter Frühstückstoast, und wer will das schon?

Erstes Kapitel

Marco wachte mit einem ganz eigenartigen Gefühl im Magen auf. Irgendwie war es, als sage ihm eine innere Stimme, dass heute etwas ganz Besonderes geschehen müsse. Etwas, das es nicht alle Tage gab.

Zuerst erschrak er und durchforschte eilig sein Gedächtnis. War vielleicht für heute eine Klassenarbeit angekündigt? In Mathematik etwa? Darin war er nämlich gar nicht so gut, weil er leider immer ein wenig faul war und andere Dinge im Kopf hatte. Dabei wusste er genau: Wenn er Raumschiffkapitän werden wollte, wenn er groß war, dann musste er sich bis dahin in Mathematik gewaltig verbessern.

Aber nein, keine Klassenarbeit heute. Einen Film wollten sie sich ansehen über den Kontinent Afrika auf der guten alten Erde, wo die Heimat aller Marsbewohner war. Und Mom, ihre Lehrerin, würde dazu berichten und erklären. Das würde sicher ganz interessant werden. Fast so interessant, als würde jemand von einem fernen fremden Planeten erzählen. Und irgendwie war das die Erde ja auch, zumindest für Marco und die meisten anderen Kinder hier. Sie hatten niemals auch nur einen Fuß auf die Erde gesetzt.

Also kein Grund, sich aufzuregen, sagte er sich. Es drohte keine Mathematikarbeit. Doch das komische Gefühl in seinem Magen begann erst allmählich zu weichen, als er sich unter der Strahlendusche gewaschen hatte.

Dabei fiel ihm ein, dass es morgen wieder Wasser zum Baden geben würde. Er liebte es, sich in der großen weißen, mit Wasser gefüllten Wanne im Badezimmer auszustrecken. Dumm, dass man sie nur alle drei Tage benutzen durfte. Wasser war nämlich sehr knapp auf dem Mars. Man musste ganz sparsam damit umgehen. Normalerweise säuberte man sich mit Ultraschall. Das, so sagten die Experten, sei gründlicher und auch schonender für die Haut als das recycelte und gechlorte Leitungswasser. Doch Wasser war eben aufregender als Ultraschall. Marco hatte den Eindruck, dass selbst die Erwachsenen dies ganz genauso empfanden.

So, jetzt schnell noch die Haare gekämmt, und dann konnte er sich am Frühstückstisch blicken lassen. Kämmen hasste er. Immer waren seine Haare verknotet. Er überlegte, wie es wäre, wenn er sie sich kurz schneiden lassen würde. Doch dann verwarf er diesen Gedanken wieder. Eigentlich gefielen sie ihm so sehr gut, wie sie schwarz und glänzend auf seine Schultern hinabfielen. Und auch Marinas Freundin Chilly, in die Marco heimlich verliebt war, hatte neulich ein paar bewundernde Worte über seine Haare geäußert. Da wäre es doch das Allerletzte, wenn er sie sich abschneiden lassen würde, oder?

Nun war er mit allem fertig. Wohlgemut sprang er die Treppe hinunter, immer mehrere Stufen auf einmal, und stürmte in die Küche. Dort saßen Mom und Marina bereits am gedeckten Tisch.

„Auch schon da?“, fragte ihn Marina spitz.

Mom lächelte. „Na, du bist selbst gerade erst vor einer halben Minute heruntergekommen.“ Sie war gerade dabei, eine geschälte Apfelsine in Schnitze zu zerteilen. „Marco“, sagte sie, „hole dir bitte auch eine Orange. Uns sind die Vitamintabletten ausgegangen, doch ein bisschen Vitamin C sollten wir trotzdem zu uns nehmen.“

„Okay“, sagte Marco. Er ging zum Küchenschrank und holte sich aus der Tüte mit den getrockneten Apfelsinen eine der verschrumpelten Früchte heraus. Diese steckte er in den Hydrierautomaten. In diesem Gerät wurde dem von der Erde stammenden Obst wieder die Flüssigkeit zugeführt, die ihm sofort nach der Ernte entzogen worden war.

Mom hatte ihnen erklärt, dass dies ein kompliziertes, aber notwendiges Verfahren war. Sämtliche Mineralstoffe und Vitamine blieben dabei erhalten. Man solle sich das einfach so vorstellen, hatte sie gesagt, dass diese Vitamine nur schliefen, und wenn man die Früchte in den Hydrierer steckte, wurden sie mit Wasser wieder zum Leben erweckt. Dies zu tun war sehr sinnvoll, denn dadurch wurde das Obst haltbar gemacht und konnte die lange Reise zum Mars unbeschadet überstehen. Außerdem war es viel leichter als frisches Obst und nahm auch nicht so viel Platz in den Raumschiffen weg.

Während Marco auf den Signalton des Geräts wartete, der ihm anzeigte, wann seine Apfelsine fertig war, überlegte er, wie es sein mochte, wenn man solche Früchte einfach frisch vom Baum pflücken und essen konnte. Die Marsianer bekamen selten wirklich frisches

Obst. Auf den Kuppelplantagen wuchs noch nicht sehr viel, und das Wenige, das man ernten konnte, musste unter vielen Menschen aufgeteilt werden.

Jetzt konnte er seine Apfelsine endlich aus dem Gerät holen. Leuchtend, dick und rund war sie. Sehr appetitlich. Er begann sie sogleich mit den Fingern zu schälen. Mom benutzte dazu immer ein Messer, aber er konnte das mit seinen Fingernägeln genau so gut.

„Ich hoffe sehr, dass du dir anschließend die Hände wäschst, Sohn“, sagte Mom, die Marcos Schwächen kannte. „Nicht, dass nachher alles klebt, was du angefasst hast.“

„Musst du mich denn immer wie einen kleinen Jungen behandeln?“, begehrte Marco auf. „Ich habe immer saubere Hände ... meistens“, setzte er mit einem kleinen Grinsen hinzu und ließ sich auf seinen Stuhl am Tisch fallen.

„Klar, Großer“, grinste Mom zurück und zauste ihm die sorgfältig gekämmten Haare.

Marina kicherte leise. Sie wusste, wie sich der Bruder immer mit seinen Haaren anstellte. Bestimmt ärgerte er sich ganz schrecklich darüber, dass Mom ihn wieder strubbelig machte.

Marco duckte sich unter Moms Hand hinweg und warf Marina einen, wie er hoffte, bitterbösen Blick zu. Ihr lautes Lachen bewies ihm jedoch, dass sein Blick nicht so Schrecken erregend gewesen sein konnte. Zu allem Überfluss lief ihm jetzt auch noch ein wenig von dem Saft der Apfelsine über das Kinn und tropfte auf sein weißes T-Shirt. Es war nicht zu fassen! Hatte sich denn heute Morgen alles gegen ihn verschworen?

„Eigentlich hätte ich auch noch ein ganzes Stück länger schlafen können“, beschwerte er sich, bei wem auch immer. „Nun bin ich genau da, wo ich vorhin schon einmal war. Jetzt darf ich mir nicht nur die Hände, sondern auch das Gesicht wieder waschen, ein neues T-Shirt anziehen und mir dazu auch noch die Haare neu kämmen.“

„Ja, aber trinke vorher deinen Tee aus“, riet ihm Marina. „Nicht, dass du das neue T-Shirt auch wieder bekleckerst. Und vielleicht solltest du auch erst deinen Toast essen, wegen der Marmelade, meine ich.“

„Bitte, keinen Streit, Kinder!“, bat Mom. „Und haltet vielleicht mal einen Moment den Mund, fünf Minuten würden mir schon reichen. Ich muss mir noch einmal durch den Kopf gehen lassen, was ich der Klasse nachher über die Buschmänner in Afrika erzählen wollte.“

Ach ja, der angekündigte Film über den Kontinent Afrika auf der Erde! Das würde sicher interessant werden. Besser als eine Mathearbeit schreiben, das auf jeden Fall. Der Tag war gerettet. Marco atmete befreit auf. Woher bloß dieses dämliche Gefühl heute Morgen beim Aufwachen gekommen war? Bestimmt hatte er einen schlechten Traum gehabt, der sofort wieder aus seinem Gedächtnis verschwunden war. So ein bisschen spürte er das Gefühl immer noch.

„Gibt es eigentlich in Afrika heute auch noch Buschmänner?“, fragte er Mom. Er hatte schon einmal welche in einem Film gesehen, aber er konnte sich nicht mehr genau erinnern.

„Wirst du uns auch etwas über die Tiere Afrikas erzählen?“, fragte gleichzeitig seine Schwester.

„Eure Fragen werden bald alle beantwortet werden. Beeile dich mit Umziehen, Marco, es wird Zeit, dass wir uns aufmachen“, mahnte Mom. „Nur zur Erinnerung: Heute fällt der Nachmittagsunterricht aus. Aber das habt ihr sicherlich nicht vergessen, wie ich euch kenne! Ihr wisst, ich muss zur Lehrerkonferenz nach Central Town fliegen, und es wird sicher sehr spät, bis ich zurückkomme. Und denkt daran, dass die Klimaabteilung für die Mittagsstunden Regen programmiert hat. Nehmt Jacken mit. Es könnte etwas abkühlen.“

„Regen!“, maulten beide Kinder wie aus einem Munde, und Marina fügte noch hinzu: „Wenn ich etwas zu sagen hätte, würde ich es immer nur nachts regnen lassen, wenn wir sowieso zu Hause in unseren Betten liegen und schlafen.“

Zweites Kapitel

Ein paar Passanten schüttelten verwundert die Köpfe, als die vier Jungen aus dem Schulgebäude und haarscharf an ihnen vorbei auf den Gehweg stürmten. Verdutzt schauten sie ihnen nach. Man konnte ihnen ihre Gedanken direkt ansehen: *Was geben die denn für komische Geräusche von sich?*, dachten sie gewiss. *Jungs haben doch immer irgendwelchen Unsinn im Kopf.*

Sie konnten ja nicht ahnen, dass die Schüler gerade einen Film über kleinwüchsige, krausköpfige Buschmänner gesehen hatten, deren Sprache von sonderbaren Klicklauten nur so wimmelte.

Marco und seine Freunde wollten sich geradezu biegen vor Lachen, weil es ihnen trotz aller Anstrengung nicht gelingen wollte, diese witzige Sprache auch nur annähernd treffend nachzuahmen. Sie schnalzten mit den Zungen, grunzten und gaben die unterschiedlichsten Geräusche von sich, wobei sie tröpfchenweise Speichel versprühten. Doch nichts klang so wie die Töne, die sie gerade in dem Film gehört hatten.

Nach einer Weile hatten sie genug von ihren Bemühungen. Ihre Zungen und ihre Rachen waren total ausgetrocknet und begannen bereits zu schmerzen. Außerdem hatten sie bemerkt, dass Marcos Schwester Marina und deren Freundin Chilly fast direkt hinter ihnen den Weg entlang liefen. Was sollten die beiden Mädchen von soviel mangelnder Männlichkeit halten? Also bemühten sie sich schnellstens um würdevolle Ernsthaftigkeit.

„Kommt ihr mit in die Cafeteria?“, rief ihnen Chilly zu.

„Klar!“ Die vier Jungen nickten eifrig und erfreut.

Natürlich würden sie sowieso in der Cafeteria Mittag essen, das taten sie ja immer. Doch Chillys Frage bedeutete nicht mehr und nicht weniger als eine Einladung, sich zusammen mit ihr und Marina an einen Tisch zu setzen.

„Jubidu!“, frohlockte es in Marco, doch nach außen ließ er sich nichts anmerken. *Cool bleiben, Junge, immer cool bleiben!* Und er bemühte sich auch, nicht allzu auffällig zu Chilly hin zu starren, die ihm heute wieder besonders gut gefiel mit ihren knielangen weißen Hosen, dem knallroten T-Shirt und den dunklen Locken, die ihr süßes, herzförmiges Gesicht umrahmten.

Marco spürte, wie ihm das Blut in die Wangen schoss, und er pries sich glücklich, dass er einen so braunen Teint hatte, dass man ihm seine Verlegenheit kaum anmerken konnte.

Gemeinsam betraten sie die große Cafeteria. Seit einiger Zeit durften sie gemeinsam mit den Erwachsenen ihre Mahlzeiten einnehmen und mussten sich nicht mehr in die abgetrennten Räume verkrümeln, wohin die Kindergarten- und Vorschulkinder sowie die Schüler der unteren Klasse mit ihren Erziehern verbannt waren. Sie gehörten jetzt zu den „Großen“. Von ihnen wurde erwartet, dass sie sich anständig benahmen, keinen Lärm machten und die erwachsenen Gäste nicht in ihrer wohlverdienten Mittagspause störten. Meistens erfüllten sie diese Erwartungen.

Ungeduldig reihten sie sich in die Schlange an der langen Theke mit den lecker duftenden und appetitlich angerichteten Speisen ein. Was gab es denn heute Gutes? Sie reckten die Hälse, um sich schon einmal vorab zu orientieren. Plötzlich ließ ein ohrenbetäubender, durchdringender Sirenenton sie zusammenfahren. Marco ließ vor Schreck fast sein Tablett fallen, auf dem bereits ein Tellerchen mit Salat stand.

Erschrocken schauten sich die Freunde erst gegenseitig an und dann in die Runde. Überall entsetzte Gesichter bei den Menschen an den Tischen, die vor ihren Tellern saßen und sich ihr Mittagessen hatten schmecken lassen. Schon sprangen die Ersten von ihren Stühlen auf. Gabel und Messer klirrten auf Tische und Teller, Schreckensrufe wurden laut, kleine spitze Schreie ertönten. Stühle polterten, als immer mehr Leute hochfuhren und sich durch die dicht besetzten Tischreihen hin zum Ausgang drängten.

Alarm!

Was war passiert?

„Das ist diesmal aber nicht nur irgend so ein dummer Probealarm", sagte Marco, obwohl er es selber noch gar nicht glauben wollte. „Das hier hört sich richtig ernst an."

„Was sollen wir tun?", fragte Marina, die geisterbleich im Gesicht geworden war.

Da schallte auch schon eine Lautsprecherstimme durch den Raum, doch sie vermochte kaum die markerschütternden Sirenentöne zu durchdringen. Kein Mensch verstand die Durchsage. Man konnte gerade mal hören, dass es sich um eine Frauenstimme handelte.

Da wurden wütende Protestrufe laut. Alle beschwerten sich, weil sie nichts verstanden hatten. Einige Männer schüttelten erbost ihre Fäuste gegen die Decke, wo in den Licht spendenden Deckenplatten neben Belüftung, Rauchmelder und Berieselungsanlage auch die Lautsprecher untergebracht waren.

Überall hoben die Leute ihre Gesichter, und ihre Nasen prüften die Luft. Doch es roch nicht nach Rauch. Also war wohl kein Feuer ausgebrochen. Wenigstens nicht hier im Gebäude.

„Wir müssen hier raus!“, schrie dennoch ein Mann, der hinter Marco in der Warteschlange stand.

Der Mann hielt ein Tablett in der Hand, das mit einem hoch gefüllten Teller Spaghetti und zwei Schälchen mit Dessert, einem Glas Milch und einer Tasse Kaffee beladen war. Zwei knusprige Brötchen lagen auch dazwischen.

Mit hin und her ruckendem Kopf suchte er einen Platz, wo er sein Tablett abstellen konnte, denn er wollte so schnell wie möglich aus der Cafeteria hinaus, wo ihnen allen eine noch unbekannte Gefahr drohte. Als er keine freie Stelle für das Tablett fand, ließ er es einfach fallen. Alles krachte auf den Boden, Milch und Kaffee spritzten gegen die Beine der Umstehenden, die Brötchen kullerten zwischen ihren Füßen umher. Schon schob sich der Mann rücksichtslos an Marco vorbei, wobei er ihm auch noch auf den Fuß trat. Gleich darauf war er inmitten der wogenden Menge der aufgeregten Cafeteria-Besucher verschwunden.

„He!", rief Marco hinter ihm her. Er wollte noch mehr sagen, doch dann sah er ein, wie sinnlos das war, und machte seinen Mund wieder zu.

Er schaute sich nach seiner Schwester und nach Chilly um und entdeckte die beiden schließlich ein paar Meter entfernt, eingekeilt zwischen drängelnden und schiebenden oder aber von der Furcht auf der Stelle festgenagelten Menschen.

Chilly hatte Marina an der Schulter gefasst, und Marco konnte sehen, wie sich ihre Finger in das Fleisch der Freundin bohrten. Beide Mädchen blickten mit großen, angstvollen Augen um sich.

„Ein Meteor!", rief eine Frau mittleren Alters „Er hat die Kuppelhülle durchschlagen. Alle Luft wird gleich hinausströmen, und wir werden alle elend ersticken."

Und unsere Raumanzüge sind zu Hause, dachte Marco. *Na super, da sind sie bestens aufgehoben.*

Er spürte, wie ihm ein Kloß in die Kehle stieg und sein Herz schneller zu schlagen begann. Das Gefühl kannte er, wenn es auch noch nie so schlimm gewesen war wie jetzt. Es war eine Mischung aus Angst und Erwartung, doch irgendwie diesmal mehr in seinem Kopf als im Bauch wie vorher.

Eine andere Frau begann zu weinen. Marina und Chilly sahen aus, als würden sie sich ihr gleich anschließen. Ihre Augen glitzerten bereits verdächtig feucht.

Inzwischen hatte die Frau, welche für die Lautsprecheransage verantwortlich war, erkannt, dass man sie in dem Sirenenlärm nicht verstehen konnte, und hatte den automatischen Alarm abgestellt. Immer noch waren Heultöne zu hören, doch die kamen von draußen und klangen nur gedämpft herein. Der Alarm war also nicht auf das Cafeteria-Gebäude beschränkt. Dann verebbte auch der Heulton draußen.

Jetzt war die Ansagerin klar und deutlich zu hören und genauso die Aufregung in ihrer Stimme, als sie ihre Durchsage wiederholte. Plötzlich herrschte Totenstille in dem großen Raum. Trotz der vielen Leute hätte man vielleicht sogar eine Nadel zu Boden fallen hören können. Alle schienen vor Anspannung die Luft anzuhalten.

„Dies ist kein Probealarm", tönte es aus dem Lautsprecher. „Ich wiederhole: Dies ist kein Probealarm. Bitte, begeben Sie sich alle besonnen und geordnet zu der Stelle, wo Sie Ihre Raumanzüge aufbewahren. Legen Sie diese an und verhalten Sie sich ruhig. Es droht keine unmittelbare Gefahr. Ich wiederhole: Es droht keine unmittelbare Gefahr. Ein fremdes Raumschiff ist auf unserem Raumhafen gelandet. Der Bauweise nach stammt es nicht von Menschenhand. Es scheint, als hätten wir Besuch von Außerirdischen erhalten. Noch wissen wir nicht, was sie von uns wollen, ob sie friedlich oder aggressiv sind. Wir sollten auf alles gefasst sein. Bitte, befolgen Sie die Anordnung des Bürgermeisters! Legen Sie Ihre Raumanzüge an. Verhalten Sie sich besonnen und verlassen Sie nicht die Kuppel. Beachten Sie weitere Durchsagen."

Wie aus einer einzigen Kehle toste ein entsetzter Aufschrei durch die Cafeteria, als die Stimme geendet hatte.

„Aliens!“

Drittes Kapitel

Außerirdische!

Marcos Erregung steigerte sich ins Unermessliche. Jedoch die beißende Angst um sein Leben begann abzuflauen. Außerirdische! Er hatte es immer gewusst, dass die Menschen nicht allein im Weltall waren, und er hatte keine Angst vor Aliens. Warum sollten sie denn böse sein? Nur, weil man sie in Filmen schon immer als schreckliche Ungeheuer hingestellt hatte? Solche Filme waren von unwissenden Regisseuren gedreht, die ja selber noch niemals einem Außerirdischen begegnet waren und bloß Angst hatten, dass niemand ihre Filme sehen wollte, wenn nicht viele Dinge zum Fürchten darin vorkamen.

Marco vibrierte innerlich vor Aufregung. Am liebsten wäre er jetzt sofort zu einer der großen Panoramascheiben gelaufen, die an vielen Stellen in die Außenwände der Siedlungskuppel eingebaut waren. Von dort hatte man einen wunderbaren Blick auf die rötliche Marslandschaft rundum und auch auf den außerhalb der Kuppel angelegten Raumhafen. Marco konnte es kaum erwarten, einen Blick auf das fremde Raumschiff zu werfen.

Doch zu allererst mussten Marina und er nach Hause gehen, damit sie dort ihre Schutzanzüge anziehen konnten. Dies hatte die Lautsprecherstimme deutlich genug als Vorsichtsmaßnahme von den Siedlern verlangt. Anweisungen zur eigenen Sicherheit befolgte man auf dem Mars ohne Widerrede, auch die Kinder, sofern sie alt genug waren, die Anordnungen zu verstehen und auszuführen. Das Leben konnte davon abhängen, dass man in einem solchen Fall gehorchte, ohne zu zögern und ohne lange zu fragen oder Einwände zu erheben. Das hatten alle von Anfang an gelernt.

Marco stellte seinen Salat samt dem Tablett zurück ins Kühlregal. Jetzt hatte er beide Hände frei und konnte sich mühsam zwischen den zum Ausgang strömenden Menschen hindurch zu seiner Schwester schieben. Ängstliche, hektische Wortfetzen umschwirrten ihn wie ein aufgescheuchter Bienenschwarm.

„Jetzt hast du endlich deine Außerirdischen", wurde er von Marina empfangen, als er nahe genug war, um sie in dem Tumult zu hören.

Ihre Stimme klang ein bisschen zittrig. Auch sie war der Meinung, dass man nicht von vornherein annehmen sollte, dass ein Wesen von einem fremden Stern böse war, nur weil man es noch nicht kannte. Aber ganz sicher war sie sich ihrer Sache nicht. Was war, wenn die Fremden den Menschen auf dem Mars doch nach dem Leben trachteten?

„Ich hab's gewusst!", rief Marco triumphierend. „Endlich sind sie gekommen."

„Aber warum sollen wir unsere Raumanzüge anziehen, wenn sie so friedlich sind?", wollte Chilly wissen, die sich an Marinas Schulter festhielt, als könne die Freundin ihr im Notfall helfen. „Wollen sie unsere Kuppel beschießen?"

„Es ist doch nur eine Vorsichtsmaßnahme“, beruhigte Marco das Mädchen. „Wahrscheinlich haben sie noch keinen Kontakt mit uns aufgenommen, weil sie noch nicht wissen, wie sie sich mit uns verständigen sollen. Außerdem ist es immer besser, wenn man vorsichtig ist. Aber ich glaube nicht, dass sie uns Böses wollen.“

„Woher willst denn du das wissen?“, fragte Marina schnippisch.

Doch auch sie glaubte nicht an eine Gefahr. Schließlich hatten die Menschen auf dem Mars niemandem etwas getan. Sie hatten ja noch nicht einmal gewusst, dass die Außerirdischen überhaupt existierten. Aber sie ärgerte sich ein wenig darüber, dass ihr Bruder so selbstsicher war, wo doch alle anderen Angst hatten.

„Lasst uns endlich nach Hause gehen“, drängte Chilly. „Wenn sie wirklich die Kuppel bombardieren, haben wir nur eine Überlebenschance, wenn wir unsere Raumanzüge tragen.“

Da hatte sie Recht. Dagegen konnte auch Marco nichts einwenden. Auch er wollte nicht ersticken, wenn es wirklich zu einem Kampf kommen sollte, in dessen Verlauf die Kuppelwand zerschossen und alle Atemluft hinaus ins All entweichen würde.

Doch darüber wollte er lieber nicht zu lange nachdenken. Denn wenn er dies täte, würde ihn vielleicht auch sein Mut verlassen. Im Moment fühlte er sich als Beschützer der beiden Mädchen, und das war ein Gefühl, an dem er außerordentlichen Gefallen fand. So konnte er doch Chilly endlich seine Unerschrockenheit beweisen. Daran lag ihm sehr viel. Auch jetzt noch, da doch seine Gedanken mehr oder weniger ausschließlich um die Außerirdischen auf dem Raumhafen kreisten.

Als sie endlich den Ausgang und danach die Straße erreichten, hatten sie zahlreiche blaue Flecken davongetragen. Es zeigte sich, dass die Erwachsenen dem Ereignis weit weniger furchtlos gegenüberstanden als Marco. Sie drückten und drängelten, und viele von ihnen nahmen wenig Rücksicht aufeinander, sondern hatten nichts anderes im Sinn, als möglichst schnell und möglichst als Erste zur Tür und nach draußen zu gelangen.

Glücklicherweise brach keine Panik aus. Niemand fiel zu Boden und wurde niedergetrampelt. Alle erreichten sie unversehrt, wenn auch manch einer ziemlich zerrupft und zerzaust, die Straße.

Dort lichtete sich das Gedränge schnell. Die Menschen rannten in alle Richtungen, und man sah auch schon einige, die bereits ihre silbrigen Raumanzüge trugen.

Marco vermutete, dass diese Leute auf dem Weg zu den Panoramascheiben waren, von wo aus sie das fremde Raumschiff beobachten wollten. Er knirschte mit den Zähnen. Wenn er endlich ebenfalls dort ankommen würde, war bestimmt kein Platz mehr frei. Die Scheiben würden dicht belagert sein, kein Mensch würde auch nur ein Stück zur Seite rücken, um ihm eine bessere Sicht zu ermöglichen. Das hatte er schon einmal erlebt, damals, als in einem Flügel des Raumbahnhofs ein Brand ausgebrochen war und alle den Löscharbeiten zusehen wollten. Dabei war gar nicht viel zu sehen gewesen, denn die

Flammen waren, sobald sie ins Freie geschlagen waren, alsbald erloschen, weil ihnen in der Marsatmosphäre der Sauerstoff fehlte.

Marco verabredete schnell mit seinen Freunden, sich an der Panoramascheibe in Sektor A hinter dem Supermarkt zu treffen. Von dort hatte man die beste Aussicht auf den Raumhafen.

Dann rannten auch er, seine Schwester Marina und Chilly eilends zu ihrem Wohnkomplex. Chilly und ihre Eltern wohnten ebenfalls dort, fünf Stockwerke über den Irisanetas.

In der geräumigen Lobby trennten sie sich voneinander. Chilly ging zu den Aufzügen, vor deren Türen sich große Menschentrauben angesammelt hatten. Immer wenn sich eine dieser Türen öffnete, spuckte der Aufzug Leute in Raumanzügen aus, und andere, ohne Raumanzüge, drängten hinein. Auch auf den Rolltreppen standen die Menschen dicht an dicht.

Kaum einen schien es zu Hause zu halten, obwohl man sich doch dort von den Visogeräten bequem informieren lassen konnte. Und sicher konnte man auf den Bildschirmen ganz genau verfolgen, was sich draußen auf dem Raumhafen tat. Doch die meisten schienen sich in dieser ganz neuen Situation in der Abgeschiedenheit ihrer vier Wände nicht wohl zu fühlen. Sie suchten die Gesellschaft der anderen, weil sie deren Meinungen hören und ihre eigenen Gedanken an andere weitergeben wollten. Und vor allen Dingen wollten sie sich immer wieder gegenseitig versichern, dass kein Grund zu Beunruhigung bestünde. Dabei spielte es kaum eine Rolle, dass dies eigentlich keiner von ihnen mit Sicherheit wissen konnte.

Marina und Marco wandten sich zum Treppenhaus und stiegen zu Fuß in die erste Etage des Wohnkomplexes.

„Hast du wirklich keine Angst?“, fragte Marina ihn, als sie oben angelangt waren und im Laufschritt die Grünanlage mit den üppigen Bepflanzungen und dem Goldfischteich durchquerten, welche ihr Wohnmodul von dem der Nachbarn trennte.

„Ein bisschen“, gab Marco zu. Jetzt war ja Chilly nicht mehr bei ihnen, und vor seiner Schwester brauchte er sich nicht zu verstellen.

Er lauschte in sich hinein. Eigentlich war es keine Angst, was er fühlte. Es war eher wieder dieses sonderbare Gefühl, mit dem er schon am Morgen aufgewacht war. Wenn er es bloß zu deuten wüsste!

Inzwischen hatte Marina mit einem Druck ihrer Zeigefingerkuppe auf den Sensor die Tür geöffnet, und sie stürmten in die Wohnung. Aus dem Schrank in der Diele holten sie sofort ihre Raumanzüge und zogen sie an. Die Helme setzten sie vorläufig nicht auf. Das konnten sie immer noch tun, wenn Alarm gegeben wurde. Und dazu würde es ja - hoffentlich! - nicht kommen.

„Ich gehe dann“, sagte Marco und schaute seine Schwester unschlüssig an. Ihm war gar nicht wohl bei dem Gedanken, sie allein hier zurückzulassen. „Willst du wirklich nicht mitkommen?“

„Ich geh zu Chilly hinauf“, antwortete sie. „Wir können auch im Viso sehen, was sich tut. Ich habe keine

Lust, mich von den Menschenmassen an den Panoramas zerquetschen zu lassen."

Er wusste nicht, was in ihn fuhr, dass er sie plötzlich fest an sich drückte. Eine tiefe Zuneigung zu seiner Stiefschwester durchflutete ihn ... und ein jäher Schmerz, so als würde er einen schlimmen Verlust erleiden.

„Hau schon ab!", fuhr sie ihn an, doch ihre Augen hatten genau den warmen Glanz von Moms Augen, wie sie manchmal auf ihnen beiden ruhten, wenn sie sehr zufrieden mit ihnen war.

„Pass auf dich auf", murmelte er noch, dann flüchtete er schnell aus der Wohnung, seinen Raumhelm fest unter den Arm geklemmt.

Viertes Kapitel

Marco konnte seine Freunde nirgendwo finden.

Zweifelnd betrachtete der Junge die dicht gedrängten Menschen vor der großen Nanoplastscheibe. Stimmengewirr brandete an seine Ohren. Die Aufregung war fast greifbar. Auf jeden Fall aber war Marco sicher, sie riechen zu können. Die Menschen schwitzten, vor Angst, vor Erregung, vor Ungewissheit über das Kommende. Und da sie ihre Helme nicht trugen, waren die in die Anzüge integrierten Vaporisatorfäden, die sämtliche Feuchtigkeit, also auch den Schweiß, vom Körper saugten, nicht an die Elektronik angeschlossen und konnten nicht wirken.

Marco gab die Hoffnung auf, bis nach vorne an die Scheibe durchzukommen. Marina hatte Recht gehabt: Zu Hause hätte er alles viel besser sehen können. Auf jeden Fall mehr als bloß das Stück rostroten Marshimmel, das sich über den Köpfen der Schaulustigen erstreckte.

Resigniert wandte er sich ab.

Zweimal umrundete er den Supermarkt, hinter welchem sich die Kuppelwand mit der viele Meter langen Aussichtsscheibe befand, weil er dachte, dass er seine Freunde hier irgendwo antreffen könnte. Er ging auch in den Supermarkt hinein und durchstreifte die langen Regalreihen, hauptsächlich diejenigen, in denen die Süßigkeiten angeboten wurden. Er sah jede Menge bekannte Gesichter, doch nicht die seiner drei Freunde.

Marco kam der Gedanke, dass sie vielleicht gar nicht kommen konnten, weil ihre Eltern sie in dieser Situation lieber bei sich zu Hause behalten wollten.

Im Supermarkt herrschte so viel Betrieb, wie Marco ihn hier noch nie erlebt hatte. Jedem einzelnen Käufer folgte, ganz wie ein gehorsames Hündchen, ein voll beladener Einkaufswagen auf seinen Antigravfeldern.

Die Leute kauften ein, als würde der Markt heute Abend für mehrere Wochen schließen. Die Angst trieb sie dazu, die Angst, dass bald etwas Unvorhergesehenes passieren könnte, das sie vom Besorgen von Lebensmitteln abhalten würde. Jetzt begriff Marco erst richtig, was Mom damals, als der große Streik der Industriearbeiter gewesen war, mit „Hamsterkäufen" gemeint hatte. So, wie es diese kleinen possierlichen Tierchen zu tun pflegten, wollten auch die Menschen sich einen Essensvorrat für Notzeiten anlegen.

Plötzlich sprang mit einem melodischen Klingen der Lautsprecher des Supermarkts an, das Zeichen dafür, dass eine Durchsage erfolgen sollte. Mit klopfendem Herzen blieb Marco stehen, um zu lauschen. Unwillkürlich hielt er den Atem an.

Eine männliche Stimme: „Achtung! Achtung!" Dann Stille.

Alle Köpfe reckten sich nach oben, als könnten sie den unsichtbaren Sprecher sehen und könnten ihm die Wörter, die ihm offenbar im Hals stecken geblieben waren, durch bloßes Starren herausziehen.

„Bist du eingeschlafen?", schrie ein Mann. „Lass uns wissen, was es zu sagen gibt!"

Ja, dachte Marco. *Mach schon! Wieso spannst du uns so auf die Folter?*

„Die Außerirdischen scheinen jetzt mit uns Kontakt aufnehmen zu wollen. Eine Luke öffnet sich. Licht fällt heraus ... grünliches Licht. Aber noch ist niemand zu sehen."

„Sie kommen!", schrie ein Mann auf, der direkt am Kassenautomaten stand. Er verzichtete auf seinen Kassenbeleg und rannte zum Ausgang. Sein Wagen mit den Lebensmitteln konnte ihm kaum schnell genug folgen. Einige Lebensmittel fielen von dem Stapel, der darin aufgehäuft war. Der Mann kümmerte sich nicht darum, obwohl sein Einkaufswagen warnende Piepstöne von sich gab.

Unterdessen ging die Ansage weiter. „Unser Bürgermeister, der sich zufällig im Raumbahnhof aufgehalten hatte, betritt jetzt das Startfeld. In seiner Begleitung sind zwei seiner Mitarbeiter. Sie verhalten sich sehr vorsichtig und wagen sich auch nicht zu nah an das fremde Raumschiff heran. Andererseits wollen sie gern zeigen, dass wir die Fremdlinge willkommen heißen möchten. Aber von ihnen lässt sich keiner blicken. So heißt es: weiter abwarten!"

Jetzt hielt es Marco nicht länger aus.

Auch er lief los, hin zum Ausgang. Er wollte endlich das Raumschiff sehen!

„Denken Sie daran: Verlassen Sie auf gar keinen Fall die Kuppel. Dieses Verbot dient Ihrer eigenen Sicherheit." So schallte es eindringlich hinter ihm her.

Marco rannte, so schnell es seine Raumstiefel mit den Magnetsohlen erlaubten, zum nächsten Shuttle-Stop. Von hier gingen die kleinen Gleiter ab, mit denen man zum Raumbahnhof gebracht wurde, wenn man in eine der anderen Kuppelstädte des Mars fliegen wollte.

Auch hier herrschte großes Gedränge. Es kamen täglich zahlreiche Besucher nach Serengeti, hauptsächlich weil sie den Zoo besuchen wollten, den bisher einzigen auf dem Mars. Unter diesen Besuchern waren wie immer viele Leute mit kleinen Kindern, und diese wollten jetzt so schnell wie möglich nach Hause zurück. Sie alle trugen schon wieder ihre Raumanzüge, die sie bei ihrer Ankunft in der Stadt in der riesigen Schließfächerhalle abgegeben hatten, um sich für die Dauer ihres Aufenthalts ungezwungener bewegen zu können.

Doch auf der großen Anzeigentafel konnte Marco lesen, dass sämtliche Flüge, gleichgültig in welche Richtungen, vorerst gestrichen waren. Dementsprechend wütend waren die ratlos Wartenden. Manche suchten schon im elektronischen Zimmernachweis, wo sie ein Plätzchen für die Nacht finden könnten.

Das waren die Optimisten. Die anderen, die weniger Vertrauen in die Zukunft hatten, saßen still und bekümmert auf den Wartebänken und drehten nervös ihre Finger umeinander. Wer weiß, welche Schreckensbilder ihre Phantasie ihnen vorgaukelte.

An der Schleusentür zum Passagierschlauch, der die Reisenden in die jeweiligen Gleiter zum Raumbahnhof führte, standen zwei Ordnungskräfte in ihren purpurroten Raumanzügen. Sie waren angewiesen aufzupassen, dass keiner der verhinderten Fluggäste hinaus ins Freie ging. Marco beobachtete, dass die beiden nichts zu tun hatten, denn keiner der Anwesenden schien Lust zu verspüren, sich nach draußen in die unmittelbare Gefahr zu begeben.

Der Zufall kam Marco zu Hilfe. Eine Gruppe Himmelsboten schlurfte auf ihren geflochtenen Bastsandalen in die Abflughalle. Ihre hellblauen Kutten waren so lang, dass sie fast darüber stolperten. Sie hatten in ihrer üblichen Geste die Hände vor der Brust gefaltet und sangen voller Inbrunst einen ihrer monotonen Gesänge, die kein Mensch verstand außer ihnen selbst. Es waren Frauen und Männer verschiedenen Alters, die Frauen hatten ihre Köpfe kahl geschoren, und die Männer trugen Bärte und Kopfhaar lang bis auf Brust und Rücken, und man konnte kaum ihre Gesichter erkennen. Sie waren die einzigen hier, die keine Raumanzüge trugen.

Marco wusste, dass es sich um Mitglieder einer Sekte handelte, die sich in den letzten Jahren in sämtlichen Städten des Mars gebildet hatten. Mom hatte einmal gesagt, viele von ihnen seien Menschen, die als Kinder oder Jugendliche mit ihren Eltern auf den Mars gekommen waren und eine gewisse Erinnerung an die Erde mitgebracht hatten. In dieser Erinnerung wurde die Erde für sie zu einem immer wertvolleren Schatz, den man ihnen gestohlen hatte und der nun unwiederbringlich für sie verloren war. Der Mars hingegen, ihre neue Heimat, steckte für sie zunehmend voller Gefahren, eingebildeter und wirklicher, und sie dachten, diese Gefahren seien allesamt Strafen Gottes, der es den Menschen übel nahm, dass sie die Erde verlassen hatten, die er ihnen als Wohnung ausgesucht hatte.

Marco war der Meinung, dass sie doch einfach auf die Erde zurückkehren sollten, wenn es ihnen hier nicht gefiel. Immerhin waren sie ja jetzt erwachsen und konnten tun und lassen, was sie wollten. Aber das schien ihnen auch nicht zu behagen, denn soviel Marco zu Ohren gekommen war, hatte dies bisher keiner von ihnen getan.

Jedenfalls kamen diese Leute für ihn jetzt gerade recht, denn sie lenkten die beiden Ordnungskräfte ab.

Sie stellten sich im Halbkreis zwischen die entnervten Passagiere, und einer von ihnen, der mit dem krausen, rotblonden Bart bis ungefähr zum Nabel, schwang eine magere, knochige Faust gegen die Decke. Mit lauter Stimme begann er den Zorn Gottes auf die Häupter der wartenden Passagiere herabzubeschwören.

Der eine der Ordnungskräfte stieß seinem Kollegen mit dem Ellbogen in die Rippen.

„Komm, Mac, lass sie uns hier rausbringen."

Der andere, Mac, grinste gutmütig. „Sie tun doch keinem was, Herb. Es sind die friedlichsten Leute, die ich kenne."

„Im Normalfall schon, aber heute haben wir einen Ausnahmezustand, hast du das vergessen? Das fehlte noch, dass sie den Leuten noch mehr Angst einjagen und sie zu einem Aufstand gegen die Aliens aufwiegeln."

„Da hast du auch wieder Recht. Was sollten wir zwei allein ausrichten, wenn die Menge die Schleusen stürmt?"

Die zwei Ordnungskräfte setzten sich in Bewegung, um die Himmelsboten aufzufordern, die Abflughalle zu verlassen.

Diesen Augenblick nutzte Marco. Flink wie ein Wiesel schlüpfte er durch die Tür zur Schleuse, die jetzt nicht mehr bewacht war. Er vertraute darauf, dass ihn keiner gesehen hatte, denn alle Aufmerksamkeit war nun auf die Ordnungskräfte und die Himmelsboten gerichtet.

Glücklich im Schleusenvorraum angekommen, setzte Marco seinen Raumhelm auf und schraubte ihn am Anzug fest. Sorgfältig prüfte er, ob alle lebensnotwendigen Vorrichtungen funktionierten. Er atmete auf. Alles in Ordnung: Auf dem inneren Helmdisplay, das sich ganz oben am Rand des Visiers befand, leuchteten sämtliche Anzeigen grün.

Schnell nahm er noch seine Handschuhe vom Gürtel, zog sie an und drückte sie an ihren Schließvorrichtungen fest. So, fertig!

Marco wählte als Ausgang die 1-Personen-Kammer, weil in sie schneller die Luft gepumpt oder aber aus ihr heraus gepumpt werden konnte, je nachdem, in welchem Status sie sich gerade befand. Derselbe Vorgang in der großen Schleuse hätte viel länger gedauert. Dies erschien Marco aber zu riskant.

Das grün blinkende Licht über der Schleusenkammer zeigte an, dass drinnen Atemluft vorhanden war. Er trat ein und bediente den Sensor, mit dem man die Luft absaugte. Das war schnell geschehen. Schon leuchtete im Innenraum rotes Licht auf, das ihm signalisierte, dass nun Vakuum herrschte und er hinausgehen konnte in den

Passagierschlauch, in dem es ebenfalls keine Atemluft gab.

Nun stand er in der runden, etwa drei Meter hohen Röhre aus kälte- und hitzebeständigem Material. Ein bisschen düster war es hier. War das schon immer so gewesen? Nie vorher hatte es Marco so empfunden, doch das lag sicher an seiner Aufregung. Heute war eben alles ziemlich geheimnisvoll und beunruhigend.

Tapfer marschierte er den Schlauch entlang, dessen Wände faltige Rippen hatten wie eines dieser sonderbaren Musikinstrumente, welche die Menschen auf der Erde früher besessen hatten und dem sie, indem sie es auseinanderzogen und wieder zusammenschoben, sonderbare Töne entlockten. Am Ende des Schlauches, etwa zehn Meter von Marco entfernt, leuchtete ihm gelbbraun der unbrennbare Belag des Raumhafens entgegen.

Vom Startfeld selbst, wo das fremde Raumschiff gelandet war, konnte der Junge von hier aus noch nichts sehen. Er begann sich zu fragen, ob es nicht Unsinn war, eine schlimme Strafpredigt zu riskieren und hier hinaus zu gehen, wo die Außerirdischen wahrscheinlich sowieso viel zu weit entfernt sein würden, als dass man sie erkennen konnte. Schon war er versucht umzukehren, nach Hause zu gehen und alles am Visogerät zu verfolgen.

Doch es war, als riete ihm eine Stimme, weiterzugehen, weiter, bis hinaus auf das Raumhafengelände. Nun war er doch schon so weit gekommen. Warum sollte er jetzt aufgeben, ohne einen einzigen Blick riskiert zu haben?

Marco schüttelte benommen den Kopf, während er sich der Schlauchöffnung näherte. Etwas stimmte nicht mit ihm. Ob er etwa Fieber hatte? Er hatte schon davon gehört, dass einen so hohes Fieber befallen konnte, dass man Halluzinationen bekam und sich Dinge vorstellte, die es gar nicht gab. Aber eigentlich fühlte er sich körperlich vollkommen in Ordnung. Bis auf das komische Drängen in seinem Kopf, das ihn nun nicht mehr verlassen wollte.

Plötzlich erschrak er ganz fürchterlich. Ob etwa von dem außerirdischen Raumschiff schädliche Strahlen ausgingen, die ihn erfasst hatten und ihn krank machten? Vielleicht war dies die Waffe, welche die Außerirdischen einsetzten, um die Marsbevölkerung zu vernichten?

Er überlegte, ob solche Strahlen auch die Kuppelwand durchdringen konnten. Er wusste es nicht, hielt es aber eher für unwahrscheinlich. Immerhin hielt sie auch alle anderen schädlichen Strahlen aus dem All ab, etwa die der Sonne.

Konnte es möglich sein, dass er als einziger Bewohner von Serengeti den Außerirdischen zum Opfer gefallen war? Jetzt bereute er zutiefst seinen Leichtsinn und seinen Ungehorsam, die ihn dazu getrieben hatten, ins Freie zu gehen.

Tränen stiegen ihm in die Augen. Sofort sprang die Verdunstungsautomatik seines Raumanzugs an und saugte die zwei salzigen Tröpfchen weg, die seine Wangen hinablaufen wollten. Nur ein kitzelndes Gefühl blieb übrig, und das verschwand auch gleich wieder. Er riss sich zusammen und ging weiter.

Jetzt stand Marco am Rande des Schlauchs und blickte auf das Start- und Landefeld. Ganz weit drüben am Horizont erkannte er das Gebäude des Raumbahnhofs. Seine Fassade und sein Dach aus spiegelnden Sonnenkollektoren, mit denen Energie für die Stromversorgung aufgefangen wurde, glänzten im Licht der Sonne, die sich bereits langsam dem Abend zuneigte.

Und da, rechts vom Raumbahnhof und viel, viel größer und höher als dieser, stand das Raumschiff der Fremden. Eine Kugel war es, deren Oberfläche fast im gleichen Farbton glänzte wie der Bahnhof, und diese Kugel stand auf acht Landestützen. Von der Öffnung, von welcher der Ansager gesprochen hatte, war nichts zu erkennen. Sie befand sich sicherlich auf der entgegengesetzten Seite, wo Marco nicht hinschauen konnte.

Für einen Moment legte sich seine Angst wieder. Beinahe ehrfürchtig bestaunte er die mächtige Konstruktion aus einer fremden Welt. Brennend stieg das Verlangen in ihm auf, hinüberzueilen und ...

Sein Herzschlag stockte, so groß war sein Erschrekken über die Dringlichkeit seines unsinnigen Wunsches. Unwillkürlich hielt er die Luft an. Wie sonderbar dies alles war! Ein kleiner, dünner Seufzer kam über seine Lippen, als er schließlich wieder Atem schöpfen musste. Angstvoll drehte er sich um und wollte weglaufen. Hier lauerte irgend eine unbekannte Gefahr, hier, ganz nah, sie schien ihn einzuhüllen, ja, fast war es, als sei die Gefahr in ihm drinnen.

Plötzlich fasste ihn jemand an der Schulter.

Marco schrie auf und wirbelte herum. Er konnte niemanden sehen. Er wollte flüchten, zurück in den Passagierschlauch. Aber eine starke, unsichtbare Hand hielt ihn fest.

„Da bist du endlich, Makkomras“, sagte eine Stimme.

Fünftes Kapitel

Ein eisiger Schreck überfiel Marco Mars, als er plötzlich diese fremde Stimme hörte. „Da bist du endlich, Makkomras!" Was hatte denn das zu bedeuten? Furchtsam schaute er sich um.

Kein Mensch war weit und breit zu sehen, wirklich niemand, und nach einem Lautsprecher hatte es auch nicht geklungen, was er gehört hatte. Ganz gewiss nicht. Und dieses Mal war die Stimme auch nicht in seinem Kopf gewesen, so wie vorhin schon einige Male, als er gemeint hatte, es seien Gedanken von innen an seine Ohren gedrungen, laute Gedanken, aber nicht seine eigenen.

Nein, so war es diesmal nicht gewesen. Ganz in seiner unmittelbaren Nähe hatte ein Mann gesprochen. Aber es war niemand da!

Jetzt war ihm klar, dass er unbedingt Hilfe rufen musste. Es war ihm egal, ob jemand erfuhr, dass er trotz des Verbots hier draußen gewesen war. Irgendetwas sehr Geheimnisvolles, etwas überaus Schreckliches ging hier vor sich. Vielleicht, wenn ganz bald jemand zu ihm kam, konnte er noch gerettet werden. Vor wem oder vor was, das wusste er allerdings nicht. Es war ja nichts zu sehen.

Doch als er mit dem Zeigefinger den Notruf seines Chronometers am Handgelenk aktivieren wollte, wurde sein Arm mit sanftem Druck festgehalten.

„Habe keine Angst, Makkomras", erklang die Stimme wieder.

Marco schrie auf, laut und voller Panik. Nicht nur, weil die Stimme erneut gesprochen hatte, das war es nicht allein.

Es war viel schlimmer, und er wollte es gar nicht wahrhaben, weil es so völlig unglaublich war: Er konnte seinen Arm nicht mehr sehen. Nicht den linken und auch nicht den rechten. Und auch den Rest seines Körpers konnte er nicht mehr sehen. Er war unsichtbar. Er schrie und schrie.

Etwas schüttelte ihn mit Nachdruck, aber nicht schmerzhaft und auch nicht allzu stark.

„Beruhige dich, Sel Makkomras!“ Die Stimme klang jetzt energischer als vorher.

Und plötzlich war da auch wieder etwas in seinem Kopf, hinter seiner Stirn, unter der Schädeldecke, ach, eigentlich überall. Aber diesmal waren es keine Gedanken, keine Worte. Nun fühlte es sich an, als würden zarte Fingerspitzen sein Gehirn streicheln. Dieser Gedanke ließ ihn schaudern. Wie war er bloß auf etwas derart Gruseliges gekommen?

Vor lauter Erstaunen hörte er auf zu schreien.

Ganz allmählich überkam ihn nun eine tiefe Ruhe, und er verstand sich selber nicht mehr. Warum hatte er sich bloß so geängstigt?

Vorsichtig tastete er mit seiner linken Hand nach seinem rechten Arm. Er konnte es spüren, dass er immer noch festgehalten wurde. Also war sein Arm noch vorhanden. Und auch er selbst musste noch vorhanden sein. Er war bloß nicht mehr zu sehen.

Aber noch etwas anderes war da. Etwas, das ihn am Unterarm festhielt. Doch so sehr er seine Augen anstrengte, mit ihnen zwinkerte und sie auch sekundenlang fest zusammenkniff und dann wieder aufriss, er konnte nichts erkennen. Aber seine Angst war verschwunden. Sie hatte einer riesengroßen Neugier Platz gemacht.

„Ist ... ist da jemand?“, fragte er zaghaft.

„Na, endlich!“ Sein Arm wurde freigegeben. „Ja, ich bin hier, Ramis s’Ekeron. Du kennst mich nicht. Aber ich kenne dich.“

„Du kennst mich?“, stieß Marco erstaunt hervor. „Woher kennst du mich? Bist du von dem Raumschiff dort drüben? Woher kommst du? Warum kann ich dich nicht sehen? Und ... und ... warum kann ich mich selber nicht mehr sehen?“

„Viele Fragen auf einmal, Makkomras. Ich werde sie dir alle beantworten. Aber der Reihe nach. Das Wichtigste zuerst: Wir sind gekommen, um dich zu holen.“

Wenn er jetzt auch ganz ruhig war, so war es doch ganz gewiss nicht das, was Marco Mars hören wollte.

Ich will nicht „geholt“ werden, dachte er. *Wohin denn überhaupt? Und wer ist „wir“? Die Außerirdischen? Und warum wollen sie mich holen?*

„Ich weiß, was du denkst, Makkomras,“ sagte die Stimme. Sie klang leicht belustigt. „Hab Geduld, du wirst alles erfahren.“

„Ich möchte dich sehen!“, verlangte Marco. „Ich kann nicht mit einem Gespenst reden.“

Die Stimme lachte.

Dies fand Marco sehr beruhigend. Es war nämlich kein bösartiges oder hinterhältiges Lachen gewesen. Da war er sich ganz sicher. Wenn man etwas Böses im Schilde führte, klang ein Lachen anders. Das hatte er in unzähligen Filmen erlebt.

„Setze deinen Helm ab, Makkomras."

„Meinen ... meinen ... Helm?", stammelte Marco und fühlte sich schlagartig wieder sehr verunsichert. Er konnte doch seinen Helm nicht absetzen. Nicht hier draußen im Vakuum. Er würde doch keine Luft bekommen!

„Vertrau mir, Sel", sagte die Stimme. „Du steckst mit mir zusammen sicher in meinem Vrim. Da kannst auch du ganz normal atmen. Und es hätte den Vorteil, dass du mich sehen könntest. Denn ich würde dir so etwas wie eine Brille aufsetzen, die uns nur für uns beide wieder sichtbar macht."

„Ein Frimm?", wiederholte Marco dümmlich.

„Ein Vrim ist eine Art Hülle, die Sauerstoff enthält, den auch ich zum Atmen benötige. Diese Hülle macht gleichzeitig unsichtbar. Und auch so gut wie unangreifbar. Findest du das nicht praktisch?"

Das fand Marco in der Tat. Ganz unvermittelt überfiel ihn der Gedanke, wie praktisch es wirklich wäre. Zum Beispiel könnte er im Supermarkt ungesehen Süßigkeiten mitnehmen, wenn er keine Credits mehr auf seiner Karte hatte, auf die ihm Mom immer sein Taschengeld lud. Sogleich schämte er sich aber dieses Einfalls. Er war doch kein Dieb. Er hatte noch nie gestohlen. Auch dann nicht, wenn seine Creditkarte leer war.

„Diese Gedanken sind aber eines richtigen Sel unwürdig, Makkomras", rügte der Unsichtbare, aber seine Stimme klang eher amüsiert. „Bitte, setze deinen Helm jetzt ab. Wir haben nicht ewig Zeit."

Ganz kurz überlegte Marco noch einmal, ob er dies wirklich tun sollte. Doch dann sagte er sich, wenn der Fremde ihn hätte umbringen wollen, dann wäre er mit Sicherheit schon längst tot. Warum hätte der Fremdling sich vorher mit ihm unterhalten sollen?

Er schraubte seinen Helm auf und hob ihn ganz vorsichtig ein Stück in die Höhe. Er verspürte keine Atemnot und bemerkte auch nichts von der Kälte, die hier draußen herrschen musste. Ganz im Gegenteil empfand er die Temperatur als ziemlich warm. Nach einem letzten Zögern setzte er den Helm ganz ab.

Es war sehr sonderbar, so ganz ohne Helm hier draußen vor der schützenden Kuppel unter freiem Himmel zu stehen. Wie still es war.

Doch Marco hatte keine Zeit, sich lange über das alles zu wundern, denn da wurde ihm etwas auf die Nase gesetzt und etwas anderes, etwas Kühles, Festes, rechts und links an seinen Schläfen angedrückt.

Und fast gleichzeitig konnte er sein Gegenüber sehen. Er riss die Augen auf. Das hatte er nicht erwartet.

Was er sah, war kein schleimiges Ungeheuer mit Tentakeln, wie ihn seine Fantasie hatte befürchten lassen. Er hatte nämlich schon Angst gehabt, er könne sich vor dem Außerirdischen so ekeln, dass er ihn gar nicht anblicken konnte. Dies aber wäre ihm sehr peinlich gewesen, denn der Fremde schien eigentlich ganz nett zu sein. Zumindest wenn man ihn nach seiner Stimme beurteilte.

Der Außerirdische sah beinahe aus wie ein Mensch. Aber nur beinahe. An Stelle von Haut hatte er nämlich ein Fell. Ein kurzhaariges, hellbraunes Fell, das sehr zart und weich aussah.

Dass er ein Mann war, hatte Marco bereits an der Stimme gemerkt. Aber auch an seinem Gesicht erkannte er es jetzt auf Anhieb. Der Mann trug einen schwarzen Overall ohne Ärmel, der vorne bis zur Taille offen stand, dazu leichte schwarze Stiefel. Das Brustfell hatte eine dunklere Tönung als das Hellbraun des übrigen Fells. Auf den Hüften saß ein breiter Metallgürtel mit allerlei elektronischen und sonstigen Gerätschaften.

Der Fremde war größer als die Männer, die auf dem Mars lebten, aber nicht sehr viel. Das Einzige, das ihn so richtig von einem Menschen unterschied, außer dem Fell natürlich, waren die zwei kleinen gebogenen hellgrauen Hörner auf seinem Kopf. Und so etwas wie eine dunkelbraune Mähne hatte er. Sie begann über der hohen Stirn zwischen den Hörnern und wuchs über Kopf und Hinterkopf bis in den Nacken und hing zwischen den Schulterblättern bis fast zur Taille.

Das war zwar alles sehr fremdartig, doch Marco war erleichtert. Nein, da gab es wirklich keinen Grund für Abscheu oder Ekel. Irgendwie sah der Fremde – wie hatte er sich vorhin selbst genannt? Ramis? – irgendwie sah Ramis richtig cool aus.

„Na, da bin ich aber froh!“ Ramis verzog seinen Mund mit den braunen Lippen zu einem Lächeln. Es wirkte ganz menschlich. „Ich hatte schon Angst, ich könnte dir nicht gefallen."

„Woher weißt du, was ich denke?", fragte Marco. „Kannst du etwa meine Gedanken lesen?"

Ramis zögerte einen kurzen Moment und wiegte seinen Kopf hin und her, so als wolle er nicht so recht heraus mit der Sprache. „Ja", sagte er dann.

Das war Marco allerdings gar nicht recht. Er hatte es schon immer als ganz schrecklich empfunden, dass seine Mom es ihm meistens ansah, wenn er einmal nicht die Wahrheit sagte. Und das, obwohl er sich immer um eine besonders undurchdringliche Miene bemühte. Ein so genanntes „Pokerface" aufsetzte, ein Pokergesicht.

„Ich kann auch damit aufhören", fuhr Ramis fort. „Es war mir nur wichtig zu wissen, was du von mir hältst. Denn es wäre schlimm, wenn du vielleicht sogar Angst vor mir hättest. Immerhin werden wir in der nächsten Zeit viel zusammen sein."

Das brachte Marco wieder auf den Boden der Tatsachen zurück. Gerade hatte er nämlich noch gedacht, dass er der erste und einzige Mensch auf Mars, Mond und Erde war, der jemals einem Außerirdischen von Angesicht zu Angesicht gegenübergestanden hatte. Er hatte sich vorstellt, welchen Eindruck dies auf seine Freunde und hauptsächlich auf Chilly machen würde. Und auf Mom und Marina und auf alle anderen Leute.

Jetzt fiel ihm ein, dass Ramis davon gesprochen hatte, er sei gekommen, um ihn, Marco, zu holen. Ein brenzliges Gefühl erwachte in Marcos Magengegend und stieg bis in seine Brust hinauf. Ein dicker Kloß zwang ihn zu mehrmaligem Schlucken. Die für einige Augenblicke vergessene Angst stieg erneut in ihm auf und ließ sein Herz unruhig pochen.

Ramis hatte gesagt, dass er ihn kenne und gekommen sei, um ihn zu holen!

Sechstes Kapitel

Ramis fasste den Jungen am Arm.

„Komm, wir gehen ein Stück“, schlug er vor. „Ich erkläre dir, was du wissen musst. Du wirst noch heute mit uns in unserem Raumschiff nach Selvyro zurückkehren. Und mir wäre es am liebsten, du würdest aus freien Stücken mit uns kommen.“

„Ihr ... ihr wollt mich kidnappen?“, stotterte Marco fassungslos. „Aber... ich hätte nicht gedacht, dass du ein Gangster bist! Ich will nicht nach Selviro, oder wie du gesagt hast. Ich will hier bleiben. Hier bei Mom und Marina und meinen Freunden.“

Tränen schossen in seine Augen. Aber gleichzeitig begann er, nach einem Ausweg zu sinnen.

Ramis ließ ihn eine Weile gewähren und erweckte den Eindruck, als kümmere er sich nicht weiter um ihn. Als Marco jedoch Anstalten machte, seinen Helm aufzusetzen und dabei einfach loszurennen, weg von ihm, dem Fremden, hielt er ihn an der Schulter fest.

„Aus meinem Vrim kannst du nicht entkommen. Wenn diese Hülle Laserstrahlen aushalten kann, so wird sie auch einen kleinen Jungen aufhalten, der mit seinen schwachen Kräften dagegenrennt.“

„Ich bin nicht klein!“, begehrte Marco auf. „Und schwach bin ich auch nicht.“

Er begann mit seinen Fäusten auf Ramis einzuschlagen, so fest er konnte. Nach einer Weile jedoch gab er auf. Es hatte ja doch keinen Zweck. Ramis hatte noch nicht einmal eine Miene verzogen, obwohl er doch so fest zugeschlagen hatte.

„Komm, lass uns weitergehen!“, sagte Ramis und zog ihn vorwärts. „Ich könnte dich auch wieder beeinflussen. Das fällt mir nicht schwer. Ich habe dich ja auch dazu gebracht, hierher zu kommen. Du bist zwar ein wissbegieriger Junge, aber ich glaube nicht, dass du ohne mein Zutun so einfach das Verbot missachtet und die Kuppel verlassen hättest.“

Es blieb Marco nichts anderes übrig, als Ramis zu folgen. Nebeneinander gingen sie an der Kuppelwand entlang.

Langsam näherten sie sich einer der großen Panoramascheiben. Da inzwischen Wind aufgekommen war – für den Mars nichts Ungewöhnliches -, lag die Scheibe unter einer dünnen roten Staubschicht. Die selbsttätige Reinigungsanlage hatte sich bereits in Gang gesetzt, um die Scheibe zu säubern.

Marco vergaß für einen Moment sein Unglück, als sein Blick auf die dichtgedrängte Menschenmenge hinter der Kuppelwand fiel.

Wie sie alle da standen und sich die Nasen platt drückten! Dabei konnten sie doch gar nichts sehen. Manche von ihnen hatten zwar ein Fernglas bei sich, doch auch durch ein solches hindurch war von dieser Stelle aus nicht mehr zu erkennen als ein kugelförmiges Raumschiff, das da einsam auf dem ansonsten leeren Startfeld stand.

An einer der Landestützen waren drei winzige Gestalten auszumachen. Kleine schwarze Pünktchen waren es nur: der Bürgermeister und seine Mitarbeiter. Sie versuchten anscheinend immer noch, Verbindung mit den unbekannten Ankömmlingen aufzunehmen.

Marco hatte sich schon wieder soweit gefasst, dass er es als höchst aufregend und witzig empfinden konnte, vor der Panoramascheibe an seinen Mitmenschen vorbeizugehen und zu wissen, dass diese keine Ahnung davon hatten. Sie konnten ihn ja nicht sehen. Ihn nicht und auch nicht seinen Begleiter, den hochgewachsenen Außerirdischen mit dem hellen Fell und den kleinen Hörnern über der Stirn.

„Weißt du, dass du kein Mensch bist?", fragte Ramis den Jungen.

Marco glaubte seinen Ohren nicht trauen zu können.

„Natürlich bin ich ein Mensch", lachte er laut auf. „Alle Marsianer sind Menschen. Wir entstammen der Erde, und die Erde ist die Heimat der Menschen." Und dann, weil er dachte, Ramis wisse vielleicht nicht so recht Bescheid, weil er doch fremd hier war, setzte er noch hinzu: „Und dann haben wir noch die Tiere. Und die Pflanzen. Aber ich bin weder ein Tier noch eine Pflanze. Ich bin ganz einfach ein Mensch wie jeder andere."

„Von deiner Sicht aus hast du Recht", antwortete Ramis und klopfte ihm beschwichtigend auf die Schulter. „Aber weißt du auch, dass die Frau, die du Mom nennst, nicht deine richtige Mutter ist?"

„Natürlich weiß ich das", trumpfte Marco auf. „Das haben sie mir gleich gesagt, als ich alt genug war, es zu verstehen. Es ist ja auch nichts dabei. Die Hauptsache ist, dass wir uns lieb haben. Das hat Mom mir immer gesagt. Und das stimmt auch."

„Es freut mich zu hören, dass deine Mom dich liebt und gut behandelt hat. So wird sie auch jetzt nur dein Bestes wollen ..."

Marco unterbrach ihn: „Natürlich will sie das!"

„Und wenn wir ihr erklären, warum du sie verlassen musst, wird sie einsehen, dass es nur zu deinem Besten ist, und sie wird nicht allzu traurig sein ..."

„Ich will sie nicht verlassen!", unterbrach Marco den Außerirdischen erneut.

Ärgerlich schluckte er. Jetzt bloß nicht weinen! Doch er konnte gar nichts dagegen tun. Die Tränen kamen ganz einfach und rollten unter dem brillenähnlichen Gestell, das ihm der Fremde aufgesetzt hatte, seine Wangen hinunter. Und da er keinen Helm trug, wurden die Tränen auch nicht aufgesaugt. Er musste sie mit der Hand wegwischen.

Ganz unmerklich hatte Ramis seine Schritte hinaus auf das Startfeld gelenkt.

„Hör zu", begann Ramis. „Wir kommen von Xello, einem relativ kleinen Planeten, auf dem verschiedene Völker wohnen. Insgesamt ist alles der Erde ziemlich ähnlich."

Ganz gegen seinen Willen erwachte Marcos Interesse. Endlich hörte man einmal etwas von fremden Planeten, das nicht erfunden und erlogen war.

„Bis vor etwa zwölf eurer Erdenjahre“, sprach Ramis weiter, „herrschte Selyon Kamras, nennen wir ihn einfach König Kamras, über den Kontinent Selvyro. Er war ein guter König, ein gerechter und milder Führer seines Volkes, der Vyronen. Und die Selyoni, seine junge Frau, war genauso beliebt wie er. Doch die beiden hatten einen schlimmen Feind. Es war der Großindustrielle Valfor, ein habgieriger und machthungriger Alerer, der an Größenwahn litt. Er war reich genug, eine Menge Helfer um sich zu scharen und schließlich auch die Armee des Königs unter seine Führung zu zwingen. Leider waren auch unsere Generäle, wie die Menschen sie nennen würden, nicht immun gegen die Verlockungen von Valfors Reichtum. Ich will dich mit Einzelheiten verschonen, ich werde dir später noch alles erklären, was du wissen musst und was dich interessiert.“

Wann: später?, dachte Marco bang. Doch er sagte nichts. Er schniefte nur kurz, dann hörte er weiter zu.

„Kurz und gut: König Kamras wurde gestürzt. Er und Königin Selyoni wurden mitsamt ihren treuesten Anhängern und Bediensteten ins Exil verbannt. Sie durften nur ihre nötigste Habe mitnehmen und auch nur ihre privaten Drachen.“

„Drachen?“, entfuhr es Marco. Er schaute Ramis ungläubig an.

„Auf unserem Planeten gibt es vier raumfahrende Nationen, wir besitzen Schiffe und Flugzeuge und alles andere, was es auf der Erde auch gibt, inklusive sämtliches Kriegsgerät. Aber unsere besten Fortbewegungsmittel zu Lande, hauptsächlich in den zahlreichen zerklüfteten Gegenden, sind unsere Drachen. Und selbstverständlich sind sie gleichzeitig unsere Waffengefährten."

„Speien sie Feuer?", fragte Marco atemlos.

„Unsere Drachen sind gezähmt", erklärte Ramis. „Wir haben sie so abgerichtet, dass sie nur auf Befehl Feuersalven ausstoßen, und du kannst dir vorstellen, zu welchen Zwecken."

„Im Kampf", stieß Marco hervor. Seine Augen leuchteten. Dort in diesem fernen Land ging es ja zu wie in einem dieser Fantasyfilme, die er so gerne sah.

Ramis wiegte wieder seinen Kopf hin und her. Marco vermutete, dass dies seine Art war, Zustimmung zu zeigen, also wie das Nicken bei den Menschen. Seine Vermutung wurde durch Ramis' Antwort bestätigt.

„Ja, im Kampf. Es ist den Drachen kein dringendes Bedürfnis, Feuer zu speien, eher eine Eigenart, und so bedeutet es keinen Eingriff in ihre Natur, wenn wir ihnen beibringen, es nur auf Befehl zu tun. Aber höre weiter: Der Gegner Kamras, Valfor, hatte nun also die Macht ergriffen. Alle, die seinen Befehlen zuwiderhandelten, wurden kaltblütig umgebracht. Das galt auch für das Militär, das ihm nun gehorchen musste wie seinem Vorgänger. Viele Soldaten wollten desertieren, aber ihre Vorgesetzten waren gnadenlos, und wehe, wenn sie einen Flüchtigen erwischten."

„Solche Dinge kenne ich aus dem Geschichtsunterricht", sagte Marco. „Sowas gab es auch auf der Erde."

„Ich fürchte, das gibt es überall im Universum.“ Ramis‘ Augen blickten ganz ernst. „Ob wir alle jemals klug werden?“

„Diese Frage hat Mom auch schon öfter gestellt. Sie hat gesagt, es scheine wohl in der Natur des Menschen zu liegen, immer mächtiger, reicher und klüger sein zu wollen als sein Nachbar.“

„Ja, hierin gleichen sich anscheinend alle intelligenten Lebewesen“, seufzte Ramis. „Dabei sollte man annehmen, dass auch die Vernunft wächst, je mehr die Intelligenz der Spezies zunimmt. Das scheint jedoch ein Trugschluss zu sein. Aber wir haben noch viel Zeit, uns darüber zu unterhalten, Makkomras.“

Ohne dass es Marco so richtig registriert hatte, waren sie nun bis ganz in die Nähe des Raumschiffs gelangt. Fast erschrocken schaute er an der riesigen Kugel hoch, die sich vor ihm in den inzwischen violett überhauchten Marshimmel reckte. Es war ein Ehrfurcht gebietender Anblick, und Marco kam sich klein und schutzlos vor gegenüber soviel erhabener Größe.

„Ich werde dir das Raumschiff zeigen, Marco“, bot Ramis ihm an. „Keiner wird dir etwas zu Leide tun. Ganz im Gegenteil, sie werden sich freuen, dich zu sehen und dir deine Wünsche von den Augen ablesen. Schließlich sind wir alle nur deinetwegen gekommen.“

Marco schüttelte den Kopf. Doch dann sah er Ramis‘ Augen erfreut aufblitzen und wusste sogleich, dass er einen Fehler begangen hatte. Er hätte nicht den Kopf schütteln sollen. Ob er hätte nicken müssen?

„Nein, du brauchst mir das Raumschiff nicht zu zeigen!“, rief er schnell. „Wenn ich erst einmal drinnen bin, werdet ihr mich nicht mehr gehen lassen. So ist es doch, oder?“

„Du sollst freiwillig mit uns kommen, Sel“, antwortete Ramis ausweichend. „Das wäre uns am liebsten. Wir würden dich nur sehr ungern zwingen.“

Das alles war Marco ein Rätsel.

Aber ach, er war ja so schrecklich neugierig! Doch er hatte auch große Bedenken. Er sollte mit den Fremden mitfliegen. Auf einen Planeten, der Xello oder so ähnlich hieß.

Wenn er es recht überlegte, hätte er im Grunde gar nichts dagegen gehabt. Eigentlich wäre er ganz gerne mitgeflogen. Die Fremden würden ihm nichts tun, dessen war er sich sicher. Doch er konnte doch nicht so einfach sang- und klanglos vom Mars verschwinden. Nein, das konnte er seiner Mom nicht antun. Und auch nicht Marina.

Außerdem hatte dieser Ramis ihm auch gar nicht gesagt, wie lange er überhaupt wegbleiben sollte.

Ob Mom vielleicht mitkommen würde? Je mehr er darüber nachgrübelte, desto stärker wurde in ihm die Überzeugung, dass auch Mom so viel Mut und so viel Neugier besitzen würde, einen Flug zu einem fernen Planeten zu unternehmen. Vor allen Dingen aber war Eines gewiss: Er konnte nicht gehen, ohne sie vorher um Erlaubnis gefragt zu haben.

Doch als er Ramis den Vorschlag unterbreitete, seine Mom einzuweihen und sie zu bitten, ihn auf der Reise zu begleiteten, lehnte der Außerirdische rundweg ab.

„Das wäre nicht gut, Sel Makkomras. Gar nicht gut. Unsere Selyoni wäre damit nicht einverstanden. Du sollst mit uns kommen, allein und ohne jeden Einfluss der Menschen. Du sollst eine Zeit auf Selvyro verbringen, die Vyronen und auch uns Alerer kennenlernen sowie das Leben bei uns, und du sollst endlich eine Ausbildung genießen, wie sie eines Sel würdig ist. Und dann sollst du selbst entscheiden, ob du auf Selvyro bleiben oder auf den Mars zurückkehren möchtest."

Marco hörte zuerst nur das Wort „zurückkehren". Man wollte ihn wieder auf den Mars zurückreisen lassen. Aber alles andere hörte sich so an, als sollte bis dahin eine lange Zeit vergehen. Er überlegte noch einmal, und dann war sein Entschluss gefasst.

„Nein", sagte er und war ein ganz klein bisschen traurig darüber. „Ich werde Mom und Marina nicht verlassen. Ich liebe sie, sie sind meine Mutter und meine Schwester, und ich gehöre zu ihnen. Lass mich gehen, Ramis! Bitte!"

Ramis umarmte ihn und drückte ihn fest an sich.

„Du bist ein guter Junge", sagte er. „Unsere Selyoni wird stolz sein, wenn sie davon hört. Es tut mir sehr Leid, dass ich dich nun doch gegen deinen Willen mitnehmen muss."

Siebentes Kapitel

„Hallo, Mom, hallo, Marina, es geht mir gut."

Marco Mars betrachtete sein eigenes Ich auf dem Bildschirm. Schon zum dritten Mal schaute er sich die Aufzeichnung seines Abschieds von Mom und Marina an, der vor einigen Stunden per Funkübertragung stattgefunden hatte.

Er sah sein mühsam beherrschtes Gesicht mit den ernsten Augen, während er ihnen von dem unglaublichen Ereignis erzählte, das ihm widerfahren war. Er hatte begriffen, dass es keinen Ausweg gab, und bemühte sich nun sehr, keine Trauer zu zeigen, höchstens Bedauern, dass sie jetzt voneinander getrennt waren. Sie sollten keine einzige Träne von ihm sehen. Er wollte sie nicht noch trauriger machen, als sie es ohnehin schon waren. Warum sonst hätten sie beide so verweinte Gesichter?

Auch jetzt noch war er überzeugt, dass es ihm einigermaßen gelungen war, die Fassung zu bewahren.

„Marco, Liebling, geht es dir gut?", hatte Mom aufgeschrien, als sie ihn auf dem Bildschirm erblickt hatte.

Er hatte schnell weitergesprochen, um sie beruhigen. Außerdem wollte er sich beeilen, weil Ramis ihm gesagt hatte, dass sie nicht viel Zeit für den Abschied hätten, da sie bald in den Hyperraum gehen würden, wo keine Funkverbindung mit dem Mars mehr möglich war.

„Ich befinde mich auf dem fremden Raumschiff. Es heißt *Bogradir*. Wir fliegen nun zum Planeten Xello, wo ich geboren bin. Ich weiß nicht, wo das ist. Ramis sagt, für die Vyroner und Alerer sei es ein Katzensprung vom Mars entfernt, aber für die Menschen unerreichbar weit, weil sie nicht über die nötige Raumfahrttechnik verfügen.

Stellt euch vor, ich habe erfahren, dass ich ein richtiger Prinz bin, ein Sel, wie es auf Vyronisch heißt. Als ich zur Welt kam, lebten die Königin und der König, meine Eltern, im Exil. Mein Vater ist inzwischen gestorben. Doch meine ... äh ... die Königin hat inzwischen mit Hilfe von alerischen Soldaten ihr Königreich zurückerobert. Ich bin der rechtmäßige Prinz, und wenn ich groß bin, soll ich König werden."

Als er jetzt erneut seine Worte hörte, musste Marco doch wieder eine Träne wegblinzeln. Er wollte das doch alles gar nicht. Er wollte kein König sein, auch kein Prinz. Er wollte nur heim zu Mom und Marina. Und er wollte auch keine andere Mutter haben als Mom.

Das hatte er Mom auch gesagt. Ganz energisch hatte er den dicken Kloß in seinem Hals die heimwehtrockene Kehle hinuntergeschluckt und gesagt: „Mom, ich hab dich lieb. Und dich auch, Marina. Sie haben mir versprochen, wenn ich ein paar Jahre in Xello gewesen bin und mir alles angeschaut habe, darf ich entscheiden, ob ich bleiben oder auf den Mars zurückkehren will. Ich komme zurück, Mom, hörst du? Ich komme zurück."

Seine Mom hatte nur nicken können. Und Marina hatte nur stumm geschaut und stocksteif dagesessen.

Wie gerne hätte er ihnen zugerufen, dass er heim wolle, jetzt gleich, nicht erst in ein paar Jahren. Aber er wollte ihnen und damit sich selbst die Herzen nicht noch schwerer machen. Und so hatte er das Unmögliche möglich gemacht und sich verkniffen, sie anzuflehen, dass sie ihn bitte schnellstens zurückholen sollten. Sein Verstand hatte ihm gesagt, dass ihm keiner helfen konnte. Auch nicht seine Mom. Er durfte ihr keine Versprechungen abverlangen, die sie niemals würde einhalten können.

„Sie haben mir erzählt, ich sei kein Mensch, sondern ein Vyroner“, hatte er weitergesprochen. „Aber die Vyroner sehen genauso aus wie Menschen. Dann gibt es noch die Alerer. Die sehen auch aus wie Menschen, doch sie haben ein Fell und auf dem Kopf Haare wie eine Mähne. Und kleine Hörner haben sie auch. Einer der Alerer ist mein Freund. Er heißt Ramis. Er hat gesagt, er wird mein Freund und Lehrer und Beschützer sein, genauso wie er früher der Freund meines Vaters gewesen war, als dieser noch lebte. Ich kann ihm vertrauen, Mom, glaube mir. Ramis ist sehr nett, wirklich.“

Genau an dieser Stelle war die Funkverbindung abgebrochen. Er hatte gerade noch sehen können, wie seine Mom die Hände vors Gesicht schlug.

„Mom?!“, hatte er gerufen. Und noch einmal: „Mom?!“

„Wir sind in den Hyperraum gegangen, Makkomras“, hatte ihm da Ramis erklärt, der die ganze Zeit an seiner Seite gestanden hatte. „Der Zeitpunkt war programmiert. Wir können den Sprung nicht abbrechen.“

Die Worte Ramis‘ waren das Letzte, das in der Aufzeichnung zu hören war. Marco wusste, dass jetzt nichts mehr folgte, und schaltete den Bildschirm aus. Er erinnerte sich, wie der Alerer ihn aus dem Sessel vor der Konsole hochgezogen und ihn in seine Arme genommen hatte. Und wie er selbst seinen Kopf an Ramis‘ weiches Brustfell gepresst und hemmungslos geschluchzt hatte.

Noch jetzt meinte er, die Hände Ramis‘ mit ihren schwarzen gebogenen Fingerkrallen auf seinem Rücken zu spüren, die ihn sanft und beruhigend streichelten.

Achtes Kapitel

Marco Mars hatte es aufgegeben, darauf zu hoffen, dass die Alerer sich erweichen lassen und ihn zurückbringen würden. Sie hatten den Auftrag der Selyoni von Selvyro, ihren Sohn Makkomras nach Hause zu holen. Diesen Befehl würden sie unter allen Umständen befolgen.

Das hatte ihm Ramis mit fester Stimme erklärt. Sie alle liebten die Königin der Vyronen, die auch die Herrscherin der Alerer war. Und außerdem war er selbst, so sagte Ramis weiter, es seinem toten Freund, König Kamras, schuldig, der in der Hoffnung gestorben war, dass sein Reich zurückerobert und sein einziges Kind sein Nachfolger würde.

Später könne Marco frei entscheiden, ob er König von Selvyro werden oder zum Mars zurückkehren wolle, das habe seine Mutter, die Königin, so bestimmt. Doch auch Marco solle fair sein und zumindest in Augenschein nehmen und begreifen lernen, was er verlor, wenn er auf sein Erbe verzichtete.

Da hatte Marco verstanden, dass sie ihm wirklich nichts Böses wollten. Dass es ein unglaublich wertvolles Geschenk war, das sie ihm hier in den Schoß legten. Und er hatte sich geschworen, von nun an sollte keiner mehr seine Tränen sehen, denn er wollte ihnen beweisen, dass er stark und mutig war und ihr Geschenk verdiente, ob er es nun annehmen würde oder nicht. Stärke und Mut, dies nämlich schienen Eigenschaften zu sein, die den Alerern gefielen, und ihm lag schließlich nichts daran, es sich mit ihnen zu verderben.

Außerdem war an Bord des Raumschiffs *Bogradir* alles so neu und interessant für ihn. Selbst in seinem Kummer erkannte er, wie schade es um die Zeit war, die er heulend und jammernd in der Koje in seiner Kabine vergeudete.

Nach etwa zwei Tagen Flugzeit endlich bat er Ramis, er möge ihm doch das Raumschiff zeigen. Der Alerer hatte aus seiner Freude über diesen Wunsch keinen Hehl gemacht.

Es gab für Marco ja so viel zu sehen und zu bestaunen! Dabei hatte Ramis ihm höchstens ein Viertel des Raumschiffs gezeigt, denn alles auf einmal sei viel zu viel, wie er meinte.

Die größte Überraschung jedoch war für Marco gewesen, dass es auf dem Raumschiff *Bogradir* Kinder gab. Auf einem der langen, in ein leicht grünliches Licht getauchten Flure waren sie plötzlich auf eine Gruppe jüngerer Alerer gestoßen, die mit einem kleinen weichen Gegenstand ein Wurfspiel veranstalteten. Sie waren etwa gleich groß wie Marco, alle sehr schlank und äußerst wendig.

Marco dachte sich, dass sie bestimmt sehr viel Sport trieben, und er dachte sich ganz im Geheimen, dass er sie darum ein wenig beneidete. Vielleicht sollte er Ramis einmal danach fragen. Vielleicht konnte er sich beteiligen? Gleich darauf erschrak er vor seiner eigenen Kühnheit und schwieg lieber.

Als Marco mit Ramis herankam, unterbrachen die Kinder ihr Spiel, und auch ihr Rufen und Lachen verstummte. Sie starrten einander verlegen an, die Alererkinder und Marco Mars.

Ramis sagte etwas zu ihnen, worauf sie sich vor Marco verneigten. Das war ihm sehr unangenehm. Aber noch viel schrecklicher fand er es, als zwei von ihnen plötzlich leise kicherten.

Marco versuchte herauszufinden, wer es gewesen war, doch er konnte keinen Unterschied zwischen Jungen und Mädchen ausmachen, weder in der Kleidung noch in ihren Gesichtern, und ihre Mähnen waren auch alle gleich, wenn sie auch nicht alle die gleiche Länge und auch nicht die gleiche Farbe hatten.

„Dies ist kein Kriegsschiff, sondern ein Forschungsschiff", erklärte ihm Ramis im Weitergehen, „und die Besatzung ist manchmal sehr lange unterwegs. Da ist es nur richtig, wenn sie ihre Familien mitnehmen, sofern sie eine haben. Sehr oft gehören sowieso beide Partner zur Besatzung."

Das fand Marco auch sehr vernünftig, denn er erfuhr es ja gerade am eigenen Leib, wie traurig es war, von jemandem getrennt zu sein, den man liebte.

Bisher hatte Ramis das Essen für Marco und sich selbst immer in die Kabine des Jungen gebracht. Dieser hatte anfangs jegliche Nahrung verweigert, doch dann hatte sein Hunger gesiegt, so dass er kräftig zulangte. Die Nahrung der Alerer und Vyronen schien nicht sehr viel anders als die der Menschen auf dem Mars zu sein.

Ein paar Merkwürdigkeiten gab es jedoch, wie Marco bereits hatte feststellen können. Die kleinen goldbraunen Stäbchen zum Beispiel, die er für Pommes frites gehalten hatte, waren in Wirklichkeit gebratene Stückchen eines fremden Gemüses, das überdies noch stark gesüßt war.

Ramis hatte aus vollem Herzen über Marcos überraschtes Gesicht gelacht, als dieser das erste Mal hineingebissen hatte. Und dieser hatte gute Miene zu bösem Spiel gemacht, die Stängchen gekaut und sie unter Todesverachtung hinuntergeschluckt. Je mehr er davon aß, umso besser schmeckte ihm dieses süße Gemüse. Er durfte sich bloß nicht vorstellen, es seien Pommes frites.

Heute sollte Marco erstmals gemeinsam mit den anderen im großen Speisesaal der *Bogradir* zu Abend essen. Er war ganz aufgeregt. Bisher hatte er nur wenige der Besatzungsmitglieder gesehen. Sie alle hatten ihn zwar freundlich angelächelt, aber kein Wort mit ihm gesprochen.

Ramis kam, um ihn zum Essen abzuholen. Als sie Marcos Kajüte verlassen hatten, gingen sie allerdings nicht sofort in den Speisesaal. Sie ließen sich von dem langen Laufband durch den mit einer sanft schimmernden Silberfarbe gestrichenen Gang zu einem Lift tragen, der sie in eine der oberen Etagen brachte. Dort sah es ähnlich aus wie da, wo Marcos Kabine lag. Nur lagen die Türen viel weiter auseinander. Dahinter schienen sich folglich bedeutend größere Räumlichkeiten zu befinden.

„Deine Kleider bedürfen dringend einer Reinigung, Sel“, erklärte Ramis. „Bis sie wieder sauber sind, kannst du einen Overall wie die anderen tragen. Wir lassen dir schnell einen anpassen.“

Marco schaute an sich hinunter. Es stimmte, was Ramis sagte. Sein hellgrünes T-Shirt wies zahlreiche schwärzliche Flecke auf. Keine Ahnung, wie die auf einmal dahin kamen! An dem großen Fleck auf seiner hellblauen Jeans war er allerdings selbst schuld. Da hatte er Kakao verkleckert – wenn es denn wirklich Kakao gewesen war, was er am Morgen getrunken hatte. Geschmeckt hatte es jedenfalls so.

Sie gingen noch ein Stück weit den Gang entlang, und dann öffnete Ramis die Tür zu einem Raum, in dem verschiedene fremdartige Maschinen standen. An einer Seite des Raums befand sich eine mannshohe glatte Fläche, die aussah wie ein Spiegel, in dessen Rahmen verschiedene Tastaturen eingelassen waren.

Vor diesem Spiegel musste Marco sich aufstellen. Ramis sagte ihm, dass er ganz still und aufrecht stehen bleiben müsse, damit die Maschine seine Maße nehmen könne.

Während hinter Marcos Rücken ein geheimnisvolles Summen und Surren einsetzte, ließ der Alerer eine Strähne von Marcos Haar durch seine Finger gleiten.

„Auch deine Haare könnten eine Wäsche gut gebrauchen“, stellte er fest. „Wie steht es denn sonst mit deiner Sauberkeit, wenn wir schon mal dabei sind? Waschbecken und Duschraum in deiner Kabine sind nicht zu übersehen, und die Dinge, die ich dir hingelegt habe, auch nicht. Also, hast du dich in der Zeit, in der du bei uns bist, ab und zu auch einmal gewaschen?“ Er konnte tatsächlich streng dreinschauen.

„Meine Mom würde es sicher Katzenwäsche nennen“, gab Marco grinsend zu. „Aber gewaschen habe ich mich. Ich konnte bloß die Zahnpflegekaugummis nicht finden. Deshalb habe ich zum Zähneputzen diese kleine Bürste benutzt und die Creme in dem Spender, auf welchem Zähne und eine ähnliche Bürste abgebildet sind. Das war ja hoffentlich richtig gewesen. Die Creme hat sehr gut geschmeckt. Aber das Ganze war doch sehr umständlich. Zahnkaugummis sind besser.“

Ramis musste zugeben, dass es die in Selvyro nicht gab.

„Wir hatten sie mal“, erläuterte er. „Wir haben sie aber wieder vom Markt genommen, weil viele Leute die Kaugummis einfach wegspuckten, wenn sie mit Zähnesäubern fertig waren. Das war nicht sehr umweltfreundlich.“

„Nun, unsere Kaugummis verwandeln sich nach einer bestimmten Zeit, wenn man lange genug gekaut hat, in eine Flüssigkeit, die gut ist gegen Bakterien. Alles ist pflanzlich, und man darf es ruhig schlucken. Das tun die meisten.“

Marco war stolz darauf, Ramis etwas berichten zu können, was dieser mit ganz offensichtlichem Interesse aufnahm.

„Das werde ich mir merken“, sagte er. „Bei Gelegenheit werde ich unserem Hygiene-Department mal einen Tipp geben. Ich könnte mir aber vorstellen, dass sie schon längst an so etwas forschen."

Marco grinste in sich hinein. Konnte es sein, dass der stolze Alerer nicht zugeben wollte, dass es auf dem Mars Dinge gab, die seine eigene Heimat noch nicht kannte? Dass sie zwar Raumschiffe besaßen, die zwischen den Sternen hin und her fliegen konnten, aber keinen umweltfreundlichen Kaugummi?

Ob Ramis etwas gemerkt hatte? Ebenfalls grinsend, knuffte er Marco in die Seite.

„Wir zwei gehen jetzt noch eine Runde schwimmen, bis dein Overall fertig ist", sagte er dann. „Vorher kannst du dir unter der Dusche die Haare waschen. Du kannst doch schwimmen?"

Das konnte Marco. In der Schule hatten sie ein Schwimmbecken besessen, und Mom hatte das Schwimmen allen ihren Schülern beigebracht. Er nickte. Dann besann er sich und wiegte seinen Kopf hin und her. Nicken hieß „Nein". Ob er sich daran je würde gewöhnen können?

„Mom ist der Meinung, dass solche Fähigkeiten nicht verlernt werden dürfen, bloß weil das Wasser auf dem Mars so knapp ist. Beim Recyceln geht nämlich immer Wasser verloren", erklärte Marco seinem neuen väterlichen Freund. „Mom hat darauf bestanden, dass die Kinder jeden zweiten Tag schwimmen gehen. Die Erwachsenen dürfen das nur einmal in der Woche."

„Mom scheint eine kluge Frau zu sein", erwiderte Ramis.

Marco wiegte wehmütig seinen Kopf hin und her, so dass seine schwarzen Haare flogen. Ja, das war seine Mom: eine kluge Frau! Und was auch die Zukunft ihm bringen mochte, Mom würde er immer lieb behalten.

Neuntes Kapitel

Herrlich erfrischt und mit noch feuchten Haaren und in einem funkelnagelneuen Overall betrat Marco Mars an Ramis‘ Seite den Speisesaal. Gleich darauf riss er vor Überraschung die Augen auf.

Zuerst hatte er die Menschen gar nicht gesehen, doch dann entdeckte er sie inmitten der zahlreichen Alerer an den Tischreihen des Speisesaals. Mindestens zehn zählte er, die in ihrer farbenfrohen Kleidung zwischen den Alerern in ihren schwarzen Overalls wie bunte Tupfen auf schwarzem Papier wirkten.

Sein Herz begann schneller zu schlagen. Was war das? Es gab Menschen hier an Bord der *Bogradir*? Woher stammten sie? Waren sie etwa von der Erde? Oder vom Mond? Oder hatten die Alerer etwa nicht nur ihn allein, sondern noch mehr Marsianer entführt? Dann fiel ihm ein, dass diese „Menschen“ Vyroner sein mussten. Von ihnen hatte er noch keine kennen gelernt.

Alle Anwesenden erhoben sich nun von ihren Plätzen. Die Vyroner kamen durch die Tischreihen hindurch auf Ramis und Marco zu. Alle trugen weite faltige Hosen aus einem weich fließenden Stoff, darüber kurze ärmellose Westen, die ein ganzes Stück des Bauchs freiließen.

Sie näherten sich Marco und Ramis. Einige Schritte von ihnen entfernt machten sie Halt und schauten den Jungen erwartungsvoll an.

Dann trat eine Frau vor. Sie war wunderschön mit ihren langen schwarzen Haaren und dem blassgelben Gewand mit den violetten Perlenmustern auf ihrer Weste. Ihre schwarz bewimperten grünblauen Augen blitzten.

Ramis ging ihr zwei Schritte entgegen und verbeugte sich knapp. Dann sagte er etwas, das Marco nicht verstehen konnte.

Wer war diese Frau, vor der sich der große stolze Ramis verneigte? Eine solche Ehrenbezeugung hatte Marco von ihm bisher noch nie erlebt, noch nicht einmal vor dem Raumschiffkapitän mit seiner langen weißen Mähne und der tiefen grollenden Bassstimme, vor dem alle einen Heidenrespekt hatten.

Jetzt sagte Ramis etwas für Marco Unverständliches zu der Frau, und diese antwortete mit einer angenehmen, dunklen Stimme. Ihre Antwort war unverkennbar an Ramis gerichtet, doch blickte sie weiterhin unverwandt den staunenden Marco an.

Ramis nestelte indessen einen flachen, handtellergroßen Gegenstand von seinem breiten Gürtel, auf den er auch an Bord des Raumschiffs nicht verzichtete, und gab ihn Marco.

„Das ist ein Translator“, erklärte er und zeigte auf zwei Knöpfe. „Wenn du hier drückst, wird dir die fremde Sprache übersetzt, und dieser Knopf bewirkt, dass andere dich verstehen können, wenn du sprichst. Diesen brauchst du aber jetzt nicht, denn wir alle haben Translatoren, denen deine Marssprache einprogrammiert ist. Der Translator enthält bereits Vyronisch, Alerisch und noch ein paar andere Sprachen, die du in Zukunft sicher ebenfalls hören wirst."

Dann trat er beiseite.

Nun stand Marco vor der fremden schönen Frau, die ihn immer noch mit leuchtenden Augen anblickte. Auch sie besaß einen Translator, wie Marco jetzt bemerkte. Sie hatte ihn mit einem Clip am Bund ihrer Hose befestigt.

Als sie endlich ihre lächelnden Lippen öffnete und zu sprechen begann, wurde Marco von einer Flut unverständlicher Laute überrollt. Hilflos starrte er sie an.

Schon kam Ramis' hilfreiche Hand von der Seite und zeigte mit einer schwarzen Kralle auf den Knopf des Translators in seiner Hand. Eilig drückte Marco darauf.

Die Frau lächelte wieder, diesmal noch breiter als zuvor, so dass Marco ihre herrlich weißen Zähne sehen konnte. Auch sie veränderte nun mit einem Knopfdruck die Einstellung ihres Geräts und wiederholte dann, was sie zuvor gesagt hatte. Jedenfalls vermutete Marco das.

Und jetzt endlich vernahm Marco verständliche Laute. Die Stimmen der Translatoren waren zwar ebenfalls weiblich, aber bei weitem nicht so klangvoll wie die der Frau. Der Junge war irritiert, denn nun hörte er alles doppelt. Doch das war eher zweitrangig. Ein Orkan der sonderbarsten Gefühle tobte in Marco, als er die Sätze und deren Bedeutung verstand.

„Makkomras, mein Sohn, bist du es wirklich? Du bist so groß geworden! Und wie ähnlich du deinem Vater siehst!"

Marco hatte es die Sprache verschlagen. Ihm fiel kein einziges Wort ein, das er hätte sagen können.

Die Frau schien es ihm nicht übel zu nehmen. Sie sprach einfach weiter.

„Ich freue mich so sehr, dich zu sehen. Ich konnte es gar nicht erwarten. Kaum hörte ich, dass du endlich auf dem Weg nach Xello bist, bin ich gestartet, um dir entgegenzufliegen. Wir haben gerade erst angedockt."

„Bist du ... bist du die Königin der Vyronen?", fragte Marco. Dann erschrak er. Er hätte zumindest Guten Tag sagen sollen, fiel ihm ein. Immerhin handelte es sich hier um eine Königin. Wenn auch um eine außerirdische.

Die Frau lauschte der Übersetzung aus dem Translator an ihrem Hosenbund. Dann lachte sie und wiegte ihren Kopf hin und her. Ihre langen Haare machten jede Bewegung mit.

„Das auch, Makkomras. Aber zu allererst bin ich deine Mutter!" Ganz leise setzte sie noch etwas hinzu. Marcos Translator verstand es jedoch und übersetzte es genau so laut und deutlich wie alles andere vorher: „Die dich so lange Jahre so sehr vermisst hat."

„Hallo", brachte er schüchtern über seine Lippen.

Er überlegte, ob er klarstellen sollte, dass er auf dem Mars schon eine Mutter hatte, die er liebte und die er nicht so einfach auswechseln konnte und wollte. Doch dann fiel ihm ein, dass die Königin dies ja bereits wusste. Außerdem erschien es Marco unangebracht, diese Dinge inmitten all der Fremden zu erörtern, die um sie herumstanden. Denn auch die Alerer waren inzwischen von ihren Stühlen aufgestanden und näher gekommen, um besser mitverfolgen zu können, wie die erste Begegnung ihrer Königin mit ihrem Sohn, dem Prinzen, ausfiel.

„Makkomras", sagte die Königin und trat noch einen Schritt näher, bis sie genau vor ihm stand. Dann streckte sie die Arme aus. Sie schien Marco umarmen zu wollen. Aber schließlich tat sie es doch nicht. Ob sie sein unwillkürliches Zurückzucken bemerkt hatte?

Jedenfalls verzichtete sie auf eine Umarmung, sondern strich ihm lediglich mehrere Male zärtlich mit der Hand über den Kopf.

„Das mag ich nicht", sagte er höflich, aber bestimmt. Es war schon ein Kreuz, dass ihm alle die Haare zerzausen wollten.

Er hörte, wie einige der Anwesenden verhalten nach Luft schnappten. Waren sie erschrocken über Marcos Einwand? Ihm dämmerte, dass es wohl nicht üblich war, eine Königin in ihre Schranken zu weisen. Hoffentlich war es nicht sogar ein Verbrechen, das nun schrecklich bestraft werden würde.

Schnell warf er Ramis einen Blick zu. Zu Marcos Erleichterung lächelte der Alerer unterdrückt. Marco atmete auf. Also konnte sein Verhalten nicht allzu schlimm gewesen sein. Außerdem sollten die alle ruhig merken, dass sie mit ihm nicht machen konnten, was sie wollten.

Die Königin schien zum Glück auch nicht verärgert. Ihre schönen grünblauen Augen schauten zwar ein bisschen traurig drein, aber ihre Stimme klang unverändert freundlich, als sie jetzt etwas sagte.

Der Translator übersetzte: „Du hast Recht, Makkomras, du bist kein kleiner Junge mehr, den man hätscheln und liebkosen kann. Diese Zeit deines Lebens habe ich leider versäumt. Machst du mir aber vielleicht die Freude, mit mir zusammen das Essen einzunehmen?"

Er stimmte verlegen zu. Was hätte er auch sonst tun sollen? Dabei wäre es ihm viel lieber gewesen, neben Ramis zu sitzen, wenn er denn schon das erste Mal mit all den Fremden zusammen essen sollte. Doch zu seiner großen Erleichterung nahm der Alerer auf seiner anderen Seite Platz.

Die Königin schien keinen Unterschied zwischen den Vertretern ihres eigenen, des vyronischen, Volkes und der anderen Rasse, den Alerern, zu machen. Alle saßen bunt gemischt zusammen. Auch kehrte sie niemandem gegenüber die Herrscherin heraus. Aber auch so begegneten ihr alle mit gebührender Hochachtung.

Als Marco viel später in seine Kabine zurückkehrte, fühlte er das erste Mal seit seiner Entführung so etwas wie Zufriedenheit. Ein sehr unterhaltsamer Abend lag hinter ihm. Die Königin war sehr nett zu ihm gewesen, lustig und zu vielen Scherzen aufgelegt, wenn Marco auch nicht alle Zusammenhänge hatte verstehen können. Jedenfalls war viel gelacht worden an der Ecke des Tisches, an dem er gesessen hatte, und auch Ramis hatte sich so aufgeräumt wie nie zuvor gezeigt.

Das Aufregendste aber war, dass die Königin Marco für morgen einen Ausflug auf einen kleinen Planeten versprochen hatte, der nicht weit vom Heimatkurs der *Bogradir* entfernt lag. Man könne ruhig mit ihrem eigenen Jet, der an der *Bogradir* längsseits gegangen war, einen Abstecher zu Posano I machen, hatte sie gemeint. Dann könne Marco gleich sehen, wo die Bewohner von Xello ihre Flugdrachen einfingen.

Drachen!, dachte er und kuschelte sich in seiner Koje zurecht. *Ich soll morgen Drachen sehen!* Er konnte es kaum glauben.

Und ein ganz klein wenig beschlich Marco Mars das Gefühl, dass die Zeit seiner Gefangenschaft vielleicht doch nicht so schlimm werden würde, wie er das befürchtet hatte.

Zehntes Kapitel

„Aufwachen, Sel! Die Drachen warten ... Oh, ich sehe, du bist schon wach."

In der Kabinentür stand Ramis in einem schicken schwarzen Raumanzug. Den dazu gehörenden Helm hielt er unter dem Arm, und über seiner Schulter hing an einem Riemen eine große Tasche.

„Wach, gewaschen und angezogen", bestätigte Marco. „Denkst du denn, ich hätte heute Nacht ein Auge zugetan?"

„Hast wohl gestern Abend zu viel gegessen?", fragte Ramis heuchlerisch und legte seine behaarte Stirn in mitfühlende Falten.

Marco warf ihm einen vernichtenden Blick zu. „Du weißt genau, warum ich aufgeregt bin. Ich habe noch nie einen lebendigen Drachen gesehen. Genau genommen auch keinen toten."

„Mal sehen, wenn die Selyoni es erlaubt, darfst du sogar auf einem reiten. Warum schaust du so erstaunt? Hast du schon vergessen? Selyoni heißt Königin auf Vyronisch." Ramis schien es eilig zu haben, denn er stand schon wieder in der Tür. „Wir frühstücken bei der Selyoni, drüben auf ihrem Raumschiff. Sie hat uns eingeladen. Nimm deinen Raumanzug aus dem Schrank. Den brauchen wir fürs Umsteigen, aber nur für den Notfall, keine Angst! Sicher ist sicher."

Marco hatte nur das mit den Drachen gehört, und es verschlug ihm die Sprache. Mit ziemlich weichen Knien tat er, wie Ramis ihn geheißen hatte. Er holte seinen Raumanzug und legte ihn an.

Dabei überschlugen sich seine Gedanken. Er sollte auf einem Drachen reiten? Wollte er das wirklich? Und wie denn auch? Er hatte es so verstanden, dass die Drachen auf dem Planeten Posano I alle in freier Wildbahn lebten. Wie sollte man auf ungezähmten Bestien reiten können?

Als Marco fertig war, fuhren sie mit dem Lift ins mittlere Stockwerk der kugelförmigen *Bogradir*. Hier, soviel wusste Marco bereits, waren in die dicken Außenwände starke magnetische Greifer eingebaut. An diesen konnten fremde Raumschiffe andocken, wenn jemand auf den Gedanken kam, mitten im All der *Bogradir* von einem anderen Raumschiff aus einen Besuch abzustatten. Dann wurde ein breiter Schlauch ausgefahren und an der Ausstiegsluke des Besucherschiffes befestigt. Nun konnte man nach Belieben durch diesen Schlauch von einem Raumschiff ins andere hinüberwechseln.

Jetzt musste Marco feststellen, dass dieses Überwechseln mit einer besonderen Schwierigkeit verbunden war: In diesem Schlauch gab es nämlich keine Schwerkraft.

Kaum hatten sie beide die dickwandige doppelte Schleusentür passiert, fühlte er, wie sich seine Füße vom Boden lösten und er wie von unsichtbaren Händen sanft in die Höhe gehoben wurde. Erschrocken begann er zu zappeln.

Seine heftigen Bewegungen aber hatten zur Folge, dass er erst recht in Bewegung geriet und dabei auch noch ständig die Richtung wechselte. Immer wieder stieß er mal hier und mal dort an die Schlauchwand, nicht sehr fest glücklicherweise. Plötzlich hing er sogar mit dem Kopf nach unten. Ihm wurde ganz schwummrig vor den Augen und erst recht im Magen.

Das war ihm auf dem Mars noch nie passiert. Dort wurde in allen Schleusen zusammen mit dem Sauerstoff auch immer die künstliche Schwerkraft zugeschaltet.

Unter sich sah er Ramis, der zu ihm emporschaute und ihn unter seinem Helmvisier breit angrinste, wie er das so oft tat. Jetzt streckte er die Hand nach dem Jungen aus und zog ihn wieder da hin, wo unten war.

„Hast du keine Magnete in deinen Stiefelsohlen?“, fragte der Alerer ihn scheinheilig. „Ich hätte dir natürlich sagen sollen, dass du sie einschalten musst. Andererseits kann es nicht schaden, wenn du das freie Bewegen im Vakuum übst. Schau, hier sind Haltegriffe. Hangele dich für den Anfang ganz einfach an ihnen entlang vorwärts. Du wirst schon bald ein Gefühl dafür bekommen. Wir werden das noch üben. Aber nicht jetzt. Die Selyoni wartet auf uns.“

Schade! Marco hatte die Sache gerade angefangen Spaß zu machen. Da aber noch so viel anderes Aufregende auf ihn wartete, schaltete er seine Stiefelmagnete ein. Denn sich an Haltegriffen entlang fortbewegen mochte er auch nicht. Das hätte er lieber einmal allein und unbeobachtet probiert.

In seinem Eifer hatte er eine viel zu starke Anpassung seiner Sohlenmagnete gewählt. Nun hielten sie ihn fast am Boden fest. Aus diesem Grund stapfte er jetzt dahin wie die Dinosaurier durch die urzeitlichen Wälder der Erde.

Ramis ließ ihn gewähren. Doch um seine Mundwinkel zuckte es vor unterdrücktem Lachen.

Marco, der dies sah, ärgerte sich darüber. Warum tat dieser Mann immer so überlegen? Immer behandelte er ihn so nachsichtig wie ein kleines Kind. Konnte er ihm nicht klipp und klar sagen: *Marco, es ist falsch, wie du dich anstellst. Mach es gefälligst so und so.* Aber nein, immer wollte er, dass Marco selber den richtigen Weg fand. Dies war ihm schon öfter aufgefallen.

Nun erst recht nicht! Marco ließ seine Magnete, wie sie waren, und als ihm, angelangt am gegenüberliegenden Ende des Schlauchs, die Beine von der Anstrengung schmerzten, machte ihm das auch nichts aus. Oder wenigstens nicht sehr viel.

Die Königin empfing ihre beiden Besucher mit einem herzlichen Lächeln schon an der Einstiegsluke ihres Raumschiffs. Sie trug heute einen Anzug aus feinem naturfarbenen Leder.

Marco überlegte, ob dies ein Reitanzug wäre, den sie da anhatte. Doch was sollte sie in einem Raumschiff mit einem Reitanzug anfangen? Er hätte sie am liebsten danach gefragt, fand es aber unpassend, und daher schwieg er. Irgendwie sah sie aus wie ein Cowboy in diesen alten Filmen aus dem Wilden Westen auf der Erde, die sie in Serengeti manchmal im Kino zeigten. Oder nein, eher wie einer der Indianer, die in diesen Filmen auch oft mit von der Partie waren. Es fehlte ihr nur der Federschmuck.

Ramis begrüßte die Selyoni mit einer Verbeugung. Marco dachte nicht daran, es ihm gleich zu tun. Sollten sie nur sehen, dass er ein Marsianer und kein Vyroner war, dachte er trotzig. Auf dem Mars verbeugte sich keiner vor dem anderen.

Doch dann überlegte er sich, dass man immer höflich sein sollte, gleichgültig, ob einem die fremden Sitten geläufig waren oder nicht. Da streckte er ihr die Hand hin, so wie er eine richtige Begrüßung gewöhnt war.

Mit einem fragenden Blick auf Ramis sagte die Selyoni etwas, und Ramis antwortete. Da ergriff sie Marcos Hand und schüttelte sie kräftig.

Marco erkannte, dass sie diese Art des Grußes vorher nicht gekannt hatte. Aber sie hatte ihm trotzdem die Hand gegeben. Sie war nicht so kleinlich gewesen wie er. Zu seinem Ärger beschämte ihn dies.

Nachdem Ramis und er sich ihrer Raumanzüge entledigt hatten, gingen sie gemeinsam durch die leeren Gänge des königlichen Raumschiffs. Überall herrschte anheimelnd dämmriges Licht. In die Wände, die auch hier aus glattem Metall bestanden, waren an einigen Stellen elektronische Bilder eingelassen. Sie sahen sehr fremdartig aus, aber auch wunderschön. Alles war in fließender, sanfter Bewegung und wirkte äußerst geheimnisvoll. Leider blieben sie nicht ein einziges Mal stehen, damit Marco sich die Bilder betrachten konnte. Er tröstete sich damit, dass sich dazu bestimmt ein anderes Mal die Gelegenheit bieten würde.

Schließlich gelangten sie in einen Raum, der mit komfortablen Polstern und niedrigen Tischen ausgestattet war.

Dort saßen bereits zwei Vyroner vor Tellern und Bechern. Es waren eine Frau und ein Mann, ebenfalls in ledernen Anzügen. Beim Eintritt der Königin standen die beiden auf, verneigten sich kurz und setzten sich sogleich wieder hin.

Die Selyoni sagte etwas zu ihnen, das Marco aber nicht verstand. Da fiel ihm ein, dass sein Translator, den er am Gürtel befestigt hatte, noch nicht eingeschaltet war. Eilends setzte er ihn in Gang. Schließlich wollte er nichts verpassen.

Auch die Königin, Ramis und Marco nahmen nun Platz. Sofort tauchten zwei weitere Vyroner auf, zwei Männer, die Tabletts mit dampfenden Speisen herbeitrugen. Hinter ihnen schwebte ein weiteres Tablett auf einem Kraftfeld, auf dem weitere Gefäße standen.

Und schon wieder bekam Marco einen Riesenschreck: Plötzlich flatterte mit ohrenbetäubendem Gekreisch ein großer schwarzer Vogel aus einer Ecke des Raums auf, drehte eine Runde über ihren Köpfen und ließ sich dann am Tischende neben der Selyoni nieder.

Jetzt konnte Marco ihn genauer betrachten. Sein Gefieder war schwarz, nur oben auf seinem Kopf wuchs eine rote Haube, deren einzelne Federn steil aufgerichtet waren. Sein kräftiger, krummer Schnabel leuchtete knallrot.

In den Zooanlagen zu Hause in Serengeti auf dem Mars hatten sie einige ähnliche Vögel, erinnerte sich Marco. Die waren aber weiß. Ein paar auch rosa. Waren es nicht Kakadus? Dieser hier jedenfalls sah so ähnlich aus. Auf einmal erschien ihm Selvyro, der Planet, zu dem er jetzt unterwegs war, nicht mehr gar so fremd und bedrohlich. Immerhin gab es dort Tierarten, die auch ihm bekannt waren. Und tierlieb waren sie auch, die Außerirdischen.

Die Selyoni hielt den großen Vogel auf der Hand, streckte ihn Marco entgegen und sagte: „Kee". Das wiederholte sie einige Male.

Schließlich wiederholte er den Namen: „Kee."

Die Königin schien sich darüber zu freuen, dass er ein Wort in der fremden Sprache gesprochen hatte, wenn es auch nur der Name ihres Vogels gewesen war. Doch Kee, der seinen Namen ebenfalls gehört hatte, flog zu Marco und setzte sich auf seine Schulter.

Der Junge hielt ganz still, auch als der Vogel mit dem riesigen Schnabel an seinen langen Haaren zu zupfen begann. Erst als Kee Marcos Ohrläppchen gefunden hatte und anfing, auch daran sachte zu knabbern, wurde Marco doch etwas ungemütlich.

Die Selyoni bemerkte dies und nahm den Vogel lachend wieder von seiner Schulter. Doch Marco war stolz darauf, dass er so lange still gehalten und keine Angst vor dem Kakadu gezeigt hatte.

Um seine Unerschrockenheit zu bekräftigen, fütterte er Kee mit kleinen Häppchen von seinem mit einer würzigen Paste bestrichenen Frühstücksbackwerk. Aber erst, als er sah, dass auch die anderen dies taten. Schließlich wollte er dem Tier nicht schaden.

Bald darauf erhob sich die Königin von ihrem Sitzpolster. Die anderen folgten ihrem Beispiel. Das Frühstück war beendet.

Ramis griff nach seiner großen Tasche, die er die ganze Zeit über bei sich gehabt hatte, und holte daraus eine Hose hervor, die ganz so beschaffen war wie die der Selyoni. Marco staunte nicht schlecht, als der Alerer sie ihm in die Hand drückte.

„Zieh das an, Sel, sonst wirst du von den harten Schuppen meines Drachen wundgescheuert."

„Ich soll wirklich auf einem Drachen reiten? Ich kann doch gar nicht reiten", antwortete Marco beklommen.

Nachdem er sich vergewissert hatte, dass keiner guckte, zog er in einer Ecke des Raumes seine Jeans aus. Die hatte er am Morgen nach dem Aufwachen frisch und sauber auf seinem Bett vorgefunden. Schnell stieg er in die Reithose. Sie passte wie angegossen. Marco konnte ja nicht wissen, dass eine Maschine sie am gestrigen Abend gleichzeitig mit seinem neuen Overall nach seinen Maßen angefertigt hatte.

„Du wirst vor Ramis auf dessen Drachen sitzen", erklärte ihm die Selyoni mittels Translator. „Ich würde es nicht erlauben, wenn Ramis nicht der beste Drachenreiter auf Xello wäre."

„Nach dir, Selyoni“, sagte Ramis mit einer kleinen Verbeugung, während sie den Raum verließen. „Dich übertrifft keiner.“

„Schmeichler“, entgegnete die Königin, doch Marco sah ihr an, dass sie sich über Ramis‘ Bemerkung freute. Dann wandte sie sich an den Jungen: „Wir landen in kurzer Zeit auf Posano I.“

Gemeinsam mit der Königin und Ramis sowie dem vyronischen Paar ging Marco den dämmrigen Gang entlang zu einem Aufzug. Die vyronische Frau hieß Verra und der Mann Kaos – oder wenigstens so ähnlich -, das hatte Marco inzwischen mitbekommen. Es schien sich um Freunde der Königin zu handeln. Sie verhielten sich sehr still. Marco hatte sie noch kein Wort sprechen gehört.

Nun fuhren sie mit dem geräumigen Lastenaufzug tiefer in den Leib des königlichen Raumschiffes hinunter. Es war bei weitem nicht so riesenhaft wie die *Bogradir*, aber immerhin noch größer als der größte Transporter der Erde, den Marco jemals gesehen hatte. Doch es gab überraschend wenige Besatzungsmitglieder. Marco hatte sich immer vorgestellt, dass auf so großen Raumschiffen immer Hunderte, wenn nicht gar Tausende von Leuten beschäftigt sein müssten. Nach eingehender Überlegung kam er zu dem Schluss, dass er diese Vorstellung aus Filmen bezogen hatte, in denen ständig gekämpft wurde. In diesen Raumschiffen schienen es wohl hauptsächlich Soldaten gewesen zu sein, die dort herumwimmelten.

Die *Bogradir* hatte fünfzig Vyroner und Alerer als Besatzung an Bord und dazu kamen etwa ein Dutzend Kinder. Darüber hinaus gab es noch einige Wissenschaftler, wie Ramis erklärt hatte. Auf dem Raumschiff der Selyoni hatte Marco hingegen außer der Königin, Verra und Kaos und den zwei Vyronern, die das Frühstück serviert hatten, noch kein einziges Lebewesen gesehen.

Dies änderte sich, als sie den Aufzug verließen. Das Erste, was Marco auffiel, war der strenge Geruch, ähnlich dem im Raubtierhaus des Zoos auf dem Mars. Einige Vyroner und Alerer liefen auf einem mit Stahl ausgekleideten Gang mit hoher Decke hin und her. Alle machten einen sehr beschäftigten Eindruck.

„Alles klar?“, fragte die Königin eine Alererin, die gerade vorübereilte.

Diese trug eine blutbefleckte grüne Schürze über ihrem dunklen Overall. Ihre Mähne war hell, fast weiß. Marco, der sich inzwischen an Ramis und die übrigen Alerer auf der *Bogradir* gewöhnt hatte, fand, dass sie ausgesprochen hübsch aussah.

„Alles klar, Selyoni“, erwiderte die Alererin auf die Frage der Königin. „Sie haben gefressen und scheinen sich auf einen kleinen Ausflug zu freuen.“

„Spricht sie von den Drachen?“, erkundigte sich Marco neugierig bei Ramis.

Dieser wiegte den Kopf hin und her. Also ja, es stimmte also: Die Drachen waren gemeint.

„Wo sind sie denn?“ Marco wagte es kaum auszusprechen. In seinem Magen machte sich flatternde Spannung breit.

Ramis deutete auf die zwei schweren Flügel eines großen Tores am Ende des kurzen Ganges.

„Da hinten sind ihre Unterkünfte.“

Auf ihrem Weg dorthin kamen sie an einer geöffneten Tür vorbei, hinter der Marco gewaltige blutige Fleischstücke an Haken von der Decke herunterhängen sah. Kälte strömte aus dem Raum. Die Speisekammer der Drachen, begriff er schaudernd. Jetzt wurde die Tür von einem Vyroner geschlossen. Es sollte nicht so viel Kälte entweichen.

Die Selyoni schien sich sehr auf den Ausritt zu freuen. Sie eilte voraus zu dem großen Tor.

„Es geht los! Schluss mit Faulenzen, meine Geflügelten!“, rief sie, während die Torflügel aufschwangen und sie in den dahinter liegenden Raum stürmte.

Sofort erhob sich donnerndes Gebrüll aus wer weiß wievielen Kehlen. *Ein einziges Tier kann unmöglich so laut sein*, dachte Marco, *auch wenn es ein Drache ist.* Vorsichtshalber hielt er sich beim Betreten des Raums einen halben Schritt hinter Ramis. Der intensive Geruch nach Tieren nahm noch zu. Der Raum erwies sich als eine große Halle mit zahlreichen Käfigen, doch nur fünf davon waren besetzt.

Und da sah er die Drachen: In ihren geräumigen Käfigen warfen sie ihre gewaltigen braunrot geschuppten Leiber gegen die stabilen Gitter.

Halb versteckt hinter Ramis‘ Rücken, betrachtete Marco die aus geblähten Nüstern schnaubenden Ungeheuer. Aus ihren aufgerissenen Mäulern, aus denen zwischen menschenhandgroßen spitzen Zähnen gespaltene Zungen wie von Schlangen züngelten, drang urgewaltiges Brüllen.

Marco hatte noch niemals ähnliche Tiere gesehen. Selbst die, welche ihm aus Filmen bekannt waren, wurden diesem sowohl Furcht erregenden als auch wunderbaren Anblick, der sich ihm hier bot, nicht gerecht.

Gänsehaut überlief Marco, und er fasste unwillkürlich nach Ramis‘ Anzugärmel, so als könne der Alerer ihm die Gewähr dafür geben, dass diese Ungeheuer nicht aus ihren Käfigen ausbrachen und sich voller Mordlust auf ihn stürzten.

Elftes Kapitel

Mit majestätischem Schlagen ihrer lederartigen Schwingen flogen die Drachen über die weite Steppenlandschaft des Planeten Posano I.

Mehrere Meter unter ihnen huschten blaugrüne Grasinseln und dornige Sträucher vorbei. Hier und da wuchsen auch einzelne Bäume mit lichtem Geäst, auf welchem große graue Vögel saßen, die krächzend das Weite suchten, sobald sich die Drachen mit ihren Reitern näherten.

Die Selyoni führte auf ihrem Drachen die kleine Gruppe an. Dann folgten Ramis und Marco, und den Schluss bildeten Verra und Kaos auf ihren eigenen Drachen. Der Selyoni schien der Flug viel zu langsam zu gehen. Ab und zu erhöhte sie das Tempo ihres Drachen, und der Wind trug Fetzen ihrer übermütigen Anfeuerungsrufe zurück an Marcos Ohren. Unter ihrem goldenen Stirnband flatterten ihre langen Haare wie eine schwarze Fahne hinter ihr her.

Marco saß sicher und geborgen vor dem Alerer auf dem breiten Nacken von Ramis' Drachen. Obwohl der Junge sich mit beiden Händen am Zaumzeug festklammerte, hatte der Alerer zur Sicherheit einen seiner starken Arme um ihn geschlungen.

Über ihnen spannte sich ein blauer Himmel mit weißen Wolkenfetzen wie mit verlaufenen Farbtupfen. Hinter ihren Rücken jagte ihnen eine große gelbe Sonne die langen Schatten ihrer Drachen über das Land voraus.

Fern am Horizont erhob sich ein Gebirgsmassiv mit teilweise so hohen Gipfeln, dass leuchtend weißer Schnee sie bedeckte. Davor breitete sich ein sattgrüner Wald aus und zog sich ein Stück weit die Berghänge hinauf.

Alles war fremd und abenteuerlich für Marco: allein der Aufenthalt in einer sauerstoffhaltigen Atmosphäre unter diesem herrlichen Himmelsblau und dann auch noch der Flug auf einem so fremdartigen Tier! Marco zweifelte, ob er nicht vielleicht träumte und gleich aufwachen und sich in seinem Bett in Serengeti wiederfinden würde.

Dies allerdings erinnerte ihn an Mom und machte ihn traurig. Aber traurig sein wollte er jetzt nicht, und so schob er den Gedanken schleunigst beiseite. Jetzt wollte er all das in vollen Zügen auskosten, was der heutige Tag ihm bot, und dies waren auf jeden Fall Dinge, wie sie noch nie ein Junge vom Mars erlebt hatte.

Während er die vor ihnen reitende Selyoni auf i hrem prächtigen Drachen beobachtete, überlegte er, dass er diese fremdartigen Tiere niemals in einem einzigen Satz beschreiben könnte. Irgendwie erschien es ihm, als seien sie aus mehreren Tierarten zusammengesetzt, und zwar auch aus solchen, die auf der Erde längst ausgestorben waren.

So ein Drache war etwa viermal so groß wie ein Löwe und hatte stämmige Beine, die allerdings nicht wie beim Löwen in Pfoten, sondern in hornigen Echsenkrallen endeten. Außerdem besaßen die Drachen kein Fell, dafür aber einen harten glänzenden Schuppenpanzer, auch auf dem gewaltigen Schwanz mit seinen spitzen Zacken.

Und dann dieser Kopf!

Marco konnte sich nicht entscheiden, mit welchem Tier dieser Drachenkopf am meisten Ähnlichkeit besaß: mit einem Pferd, mit einem Krokodil oder mit sonst etwas, das er noch nicht kennengelernt hatte. Der Drache hatte breite, runde Nüstern, die sich zu schmalen Schlitzen zusammenziehen konnten. Darunter war das Maul mit den gefährlich spitzen Zähnen und der feuerroten Zunge, die immer wieder hervorschnellte, wie um sich Insekten zu schnappen, die nicht schnell genug auswichen.

Marco konnte sich jedoch nicht vorstellen, dass diese riesenhaften Tiere Gefallen an so winzigen Bissen finden konnten. Ein Insekt musste für die sein, wie wenn er selbst einen kleinen Krümel auf der Zunge zergehen lassen würde. Gerne hätte er Ramis gefragt, warum die Drachen wie Schlangen züngelten. Doch obwohl die Fluggeschwindigkeit nicht allzu schnell war, wehte der Wind so stark in Marcos Gesicht, dass er kaum Luft holen konnte. So hob er sich diese und manche anderen Fragen für später auf.

Bald darauf hatten sie den Waldrand erreicht. Die Drachen stiegen ein wenig höher und vergrößerten damit den Abstand zwischen sich und den Baumwipfeln.

Ramis knuffte Marco in die Seite und sagte etwas, das er aber im Rauschen und Klatschen der Drachenflügel nicht verstehen konnte. Erst als die Selyoni in eine bestimmte Richtung deutete, erkannte er, warum die

Drachen nun so hoch flogen: Über dem dichten Laub der obersten Äste der hohen Bäume ragten braune Hälse mit rundlichen Köpfen hervor.

Für einen Moment reckten sich die Hälse noch höher, und sanfte braune Augen blickten neugierig zu den Drachen empor. Und plötzlich ... waren alle Köpfe wie auf ein Kommando verschwunden. Waren das etwa Dinosaurier gewesen? Aber hier gab es doch auch Vögel? Das konnte nicht sein: Marco wusste ganz genau aus Moms Unterricht, dass Dinosaurier und Vögel niemals zur gleichen Zeit gelebt hatten, zumindest nicht auf der Erde. Also eine weitere Frage, die Marco später klären musste.

Nun dirigierte die Selyoni ihren Drachen einem Hochplateau entgegen. So elegant und sicher, wie es Marco den großen Drachen niemals zugetraut hätte, landeten sie zwischen Geröll und Felsbrocken, schüttelten und streckten noch einmal ihre ausladenden Flügel, um sie daraufhin zu falten und eng an ihren schuppigen Leib zu legen. Dann ließen sie sich auf dem felsigen Boden nieder.

Mit einem Satz war die Königin abgestiegen. Sofort, als habe er nur darauf gewartet, fuhr der Kopf ihres Drachen zu ihr herum. Blitzschnell wickelte sich seine lange, gegabelte Zunge um ihr Handgelenk.

Marco schrie erschrocken auf. Das Vieh wollte die Selyoni beißen! Er hatte es doch insgeheim gewusst, dass diese Tiere gefährlich waren und dass man nicht so sorglos mit ihnen umgehen sollte, wie seine Begleiter es taten.

Doch weit gefehlt: Die Selyoni trat noch einen Schritt näher an den Schrecken erregenden Drachenkopf heran und begann das Ungeheuer an der Kehle zu kraulen. Zufrieden hob es den mächtigen Kopf, senkte die wimpernlosen Lider über die braunen Augen und fing mit großer Lautstärke zu knurren an.

Dem ganzen erstaunlichen Verhalten nach musste es sich bei diesen Tönen um Laute der Behaglichkeit handeln, wenn sie sich auch eher nach der letzten Warnung eines gereizten, überdimensionalen Wolfes anhörten. Marco beschloss, sich durch nichts mehr überraschen zu lassen.

Der Junge spürte seine Beine kaum, als er wieder auf dem Boden stand. Mit unbeholfenen Schritten stakste er eine Weile auf und ab, während die anderen sich an den umfangreichen Taschen zu schaffen machten, die an den Sätteln der Drachen befestigt waren.

Waren das nicht Gewehre, die sie da hervorholten? Steifbeinig ging Marco, so schnell er konnte, zu Ramis hinüber. Dabei machte er einen weiten Bogen um den Kopf von Ramis‘ Drachen, falls dieser auf die Idee kommen sollte, auch ihn mit seiner beängstigenden Zunge um Streicheleinheiten anzubetteln. So weit war Marco noch nicht.

„Was wollen wir mit den Gewehren anfangen?“, fragte er den Alerer. „Gehen wir etwa auf die Jagd?“

Die Selyoni hatte ihn gehört und antwortete an Ramis‘ Stelle: „Nein, mein Sohn, das sind keine Jagdgewehre. Diese Gewehre dienen lediglich der Betäubung von angriffslustigen Tieren. Ramis weiß genau, wenn ich dabei bin, werden keine Tiere getötet.“ Dabei warf sie dem Alerer einen schwer zu deutenden Blick zu. „So ist es doch, Ramis?“

Dieser warf bedauernd die Handflächen nach oben. „Es sei so, wie du sagst, Selyoni.“

„Du musst wissen, Makkomras“, sagte die Königin, wieder an Marco gewandt, „die Alerer sind eine kriegerische Rasse. Und sie lieben die Jagd. Auch wir Vyroner können kämpfen, aber nur wenn es unbedingt sein muss. Töten ist für uns kein Sport.“

„Selyoni, du verzeihst, wenn ich widerspreche“, erwiderte Ramis ernst. „Auch für mich ist Töten kein Sport. Es ist immer nur der allerletzte Ausweg.“

„Wie oft haben wir darüber schon diskutiert, Ramis?“, fragte die Selyoni seufzend. Sie schulterte ihr Gewehr und winkte Marco zu sich. „Komm, Makkomras, während Verra und Kaos einen Imbiss für uns richten, wollen wir ein paar Schritte gehen.“

Während sie nebeneinander her gingen, legte sie ihren Arm um seine Schultern. Marco, der spürte, dass ihr irgendetwas auf der Seele lastete, wollte sie nicht abweisen und ließ es geschehen. Das kurze Gespräch mit Ramis musste etwas in ihr geweckt haben, das sie lieber hätte schlafen lassen.

„Weißt du, Makkomras“, sagte sie da, „auch ich habe getötet. Wie sonst hätte ich das Königreich deines Vaters wieder zurückerobern können? Hätte ich seine Soldaten allein in den Krieg ziehen lassen sollen? Er hätte sich niemals so verhalten. So bin ich mit ihnen gegangen und musste töten, um uns das Erbe deines Vaters zu sichern."

Marco schluckte. „Bestimmt hast du nicht anders handeln können, Selyoni", sagte er, um sie ein wenig zu trösten.

Er war so jung, er hatte selten einmal einen Gedanken an den Tod verschwendet. In Filmen sah man so viele Menschen sterben, da wusste man, das war nicht echt. Doch mit dem richtigen Tod, mit dem, der jeden treffen konnte, hatte er sich bisher lieber nicht beschäftigt.

Marco war das Thema sehr unangenehm. Angelegentlich inspizierte er einen Käfer, der sich auf seinem Handrücken niedergelassen hatte. Er war grau wie der Fels, über den sie jetzt gingen. Und er hatte ungewöhnlich viele Beine. Marco versuchte sie zu zählen. Doch als er bei elf angekommen war, spreizte der Käfer seine Flügel aus und flog davon.

Auch die Selyoni schien das Thema nicht weiter verfolgen zu wollen. Sie drehte sich zu Verra und Kaos um, die zwischen dem Geröll auf einem einigermaßen ebenen Stein eine Decke ausgebreitet und verschiedene Esswaren darauf gestellt hatten. Ramis stand am Rand des Abgrunds und hielt den Blick in die Ferne gerichtet. Wie ein zuverlässiger Wächter erschien er Marco und weckte das Gefühl in ihm, dass ihnen unter seinem Schutz niemals etwas geschehen würde.

„Wenn wir Glück haben, finden wir weiter oben ein Nest mit jungen Drachen", sagte die Selyoni. „Und wenn wir noch mehr Glück haben, erwischen wir den richtigen

Augenblick, da die Alten weg sind, um Futter zu beschaffen. Ich dachte mir, es könnte dir Spaß machen, junge Drachen zu beobachten."

Marco forschte in sich hinein, ob ihm dies wirklich Spaß machen könnte. Er kam zu keinem Ergebnis. Ein Nest mit Entenküken zu betrachten oder ähnlich harmlose Tiere, vielleicht auch junge Hunde oder Katzen, ja, das hätte ihm sicher Spaß gemacht. Aber Drachen?

„Ich weiß nicht ..." erwiderte er ehrlich. „Werden wir auch welche fangen?"

„Nein, in dieser Jahreszeit nicht. Jetzt ziehen sie ihre Jungen auf. Da dürfen wir sie nicht stören. Ich sehe, unser Imbiss ist fertig, lass uns zu den anderen zurück gehen."

Sie setzten sich zu Verra und Kaos auf den Boden rund um den gedeckten Stein. Die Königin legte Marco eigenhändig ein Stück Backwerk und dazu in Scheiben geschnittenes Obst vor, das Marco an eine hellblaue Melone erinnerte. Dann nahm sie sich ebenfalls von allem auf ihren Teller.

Ramis setzte sich nicht zu ihnen. Er aß eines der Gebäckstücke, trank einen langen Schluck aus einem Becher und ging dann zu seinem Drachen hinüber, der behäbig mit seinen drei Artgenossen im Schatten des Bergüberhangs lag. Als sich ihm sein Herr näherte, stieß er freudige, fiepende Töne aus und erhob sich erwartungsvoll auf seine Beine.

„Ich mache mich schon auf die Suche nach einem Nest", rief Ramis über die Schulter zurück. Seine dunkelbraune Mähne wehte in der aufkommenden Brise.

„Wir sollten uns nicht zu lange aufhalten. Es zieht ein Unwetter auf.“

Keiner hatte darauf geachtet, Ramis hingegen hatte die dunklen Wolken längst bemerkt, die sich am Horizont gebildet hatten.

Der Alerer schwang sich auf seinen Drachen, klopfte diesem ermunternd den Hals, und schon erhob sich das Tier in die Lüfte. Gleich darauf waren beide Marcos Blicken entschwunden.

Der Junge aus den Marskuppeln war von dem Naturschauspiel gefesselt, das ihm der Himmel bot. Wann hatte er so etwas jemals zuvor zu sehen bekommen? Diese Wolken waren beeindruckend schön, wie sie sich dunkel, aber mit scharfen, teils rötlichen, teils weißen Rändern vor dem Himmel auftürmten, der ganz allmählich eine bleigraue Farbe anzunehmen begann.

Schon nach kurzer Zeit jedoch hallte Ramis‘ Ruf zu ihnen. Er war auf seinem Drachen zurückgekehrt. Nicht weit von ihrem Standort entfernt hatte er ein Nest mit jungen Drachen gefunden.

Mit klopfendem Herzen stieg Marco zu dem Alerer auf den Drachen, während Kaos und Verra eilig alles zusammenpackten.

Die Königin wartete schon ungeduldig mit wehendem Haar, eine majestätische Silhouette vor der bedrohlichen Farbenpracht der sich auftürmenden Wolken.

Zwölftes Kapitel

„Bitte, nur noch einen ganz kleinen Augenblick!“, flüsterte Marco, als die Selyoni ihn erneut daran erinnerte, dass man jetzt dringend zum Raumschiff zurückkehren müsse.

Inzwischen ballten sich die Wolken dick und schwarz über ihren Köpfen zusammen. Ganz in der Ferne zuckten Blitze. Doch obwohl auch Blitze eine ganz neue Erfahrung für Marco waren, konnte er sich nicht von dem ungleich erregenderen Schauspiel lösen, das sich seinen Augen dort vorne auf dem felsigen, von großen Steinen und Geäst gesäumten Platz bot.

Dort fochten zwei junge Drachen einen spielerischen Kampf miteinander aus. Ramis hatte ihr Alter auf etwa drei Monate geschätzt. Marco wollte dies kaum glauben. Das sollten Babies sein? Sie waren so groß! Mindestens zweimal so groß wie er selber. Und wie sie so ihre Box- und Ringkämpfe vollführten, mit ihren kräftig schlagenden Schwänzen pfeifend die Luft zerteilten und dabei ihre Flügel übten und sich gegenseitig in die noch nachgiebige Panzerung ihrer Leiber verbissen, wirkten sie viel, viel älter.

Marco begann zu begreifen, dass es für ein Lebewesen in dieser Welt keine Zeit für einen allzu langen Reifeprozess gab. Hier musste ein jedes Geschöpf so schnell wie möglich für sich allein sorgen können. Und es musste sich einer Vielzahl von Gefahren zu stellen imstande sein, die Marco bis jetzt nur erahnen konnte. Was diese „kleinen“ Drachen da anstellten, war kein Spiel. Sie probten den Ernstfall, lernten aneinander den Kampf ums Überleben. Doch bei allem Ernst schien ein jeder bemüht zu sein, den anderen nicht zu verletzen.

Ramis hockte neben Marco und der Selyoni am Boden und flüsterte nervös mit der Königin.

Marco bemerkte von alledem nichts, so vertieft war er in das Spiel der Drachenkinder. Er hatte sogar völlig vergessen, wie kalt es hier oben war, wie der Wind um den Abgrund pfiff, der jenseits der freien Fläche jäh in die Tiefe stürzte.

„Schnell, Makkomras, ...“

Marco schreckte in die Wirklichkeit zurück, als die Königin ihn am Arm schüttelte. Und da hörte auch er das unverkennbare Geräusch gewaltiger Drachenschwingen. Es klang ganz nah. Schnauben und dröhnendes Gebrüll ließen seine Trommelfelle schmerzen. Verwirrt schaute er hoch.

Auch die Drachenjungen hielten inne und hoben ihre Köpfe. Unvermittelt ließen sie voneinander ab und liefen auf ihren Hinterbeinen auf einen dunklen Spalt in der Felswand zu, dem Eingang ihrer Höhle. Blitzschnell waren sie darin verschwunden. Doch ihre Überraschung währte nicht lange. Kaum hatten sie ihre zurückkehrenden Eltern erkannt, tauchten sie schon wieder auf. Außer fremden Drachen gab es hier in dieser schwindelnden Höhe für sie keine ernst zu nehmenden Feinde. Neugier und die Aussicht auf mitgebrachtes Futter trieben sie schon wieder zurück ins Freie, doch wagten sie es nicht, sich vom Höhleneingang zu entfernen.

Die Selyoni zog den verdutzten Marco hastig mit sich, weiter hinein in den zweifelhaften Schutz einer Gruppe niedriger, verkrüppelter Bäumchen. Hinter diesem kleinen Baumbestand warteten Kaos und Verra mit den eigenen Drachen. Auch von dort erklang jetzt Schnauben, verhalten zwar, aber unverkennbar drohend und gefährlich. Die gezähmten Drachen hatten ihre Artgenossen herannahen sehen und witterten Gefahr für sich und ihre Herren.

Obwohl Marco keinerlei Erfahrung besaß, erahnte auch er diese Gefahr, in der sie alle jetzt durch das plötzliche Auftauchen der Dracheneltern schwebten. Heiß durchflutete ihn schreckliche Angst.

Die zurückkehrenden Drachen hatten die Störenfriede erspäht. Hastig setzten sie zur Landung auf der Freifläche vor ihrer Höhle an.

Sie hatten Futter für ihre Jungen mitgebracht, braune Pelztiere, die leblos zwischen den spitzen Zähnen aus den Drachenmäulern hingen. Jetzt ließen die Alten ihre Jagdbeute achtlos fallen. Mit funkelnden Augen musterten sie die Eindringlinge in ihr Reich. Sie erhoben sich auf die Hinterbeine, vollführten ruckhafte Drohgebärden mit ihren vorderen Tatzen und ließen ihre Flügel kraftvoll auf und nieder schwingen. Aus den geblähten Nüstern und den aufgerissenen Mäulern quollen Dampfwolken. Oder sollte es etwa ... Rauch sein?

Die Selyoni und Ramis hatten Marco hinter sich geschoben. Schritt für Schritt bewegte er sich nun auf ihr

Geheiß rückwärts durch die schiefen, knorpeligen Nadelbäumchen. Diese standen sehr dicht und waren so niedrig, dass sie das Durchkommen ungemein erschwerten. Immer wieder stieß Marco schmerzhaft mit dem Rücken gegen einen Ast. Dürre Nadeln von den Bäumen prasselten auf ihn nieder, verfingen sich in seinen Haaren, rutschten in den Kragen seiner Jacke und stachen ihn in den Nacken.

„Was werden sie tun?“, fragte er atemlos. „Werden sie uns angreifen?“

Er erhielt keine Antwort.

Ramis und die Königin hatten ihre Gewehre von den Schultern genommen und fingerten hastig daran herum.

Und da geschah es: Einer der Drachen setzte sich in Bewegung und ging zum Angriff über. Unter lautem Zischen entlud sich ein Feuerstrahl aus seinem Maul mit den dolchartigen Zähnen. Die braunen Flügel schlugen dabei den felsigen Boden, und es hörte sich an wie Peitschenknallen.

Bevor Marco es sich versah, stürmte Ramis dem Drachen entgegen, sein Gewehr im Anschlag.

„Ramis! Nein!“, brüllte Marco hinter dem Alerer her.

„Nur betäuben, Ramis!“, schrie die Königin und machte ebenfalls ein paar Schritte in Richtung Drachen.

Ramis konnte dies unmöglich wahrgenommen haben, doch er schrie über die Schulter zurück: „Bleib, wo du bist, Selyoni!“

Dann musste er einem erneuten Flammenstrahl ausweichen, der ihm von dem angreifenden Drachen entgegenschoss. Doch kaum war der Strahl verebbt, rannte er weiter, während der wütende Drache sich ihm seinerseits langsam, aber unaufhaltsam näherte.

Ramis befand sich jetzt im unmittelbaren Bereich der gefährlichen Drachenflügel, deren Ränder mit dornigen Auswüchsen besetzt waren.

Marco konnte kaum hinschauen. Am liebsten hätte er die Augen mit seinen zitternden Händen bedeckt, aber auch dazu war er nicht fähig. Flüchten konnte er jedoch ebenfalls nicht, obwohl die Selyoni ihn mehrfach aufforderte, sich nun endlich zu Verra und Kaos in den Schutz der eigenen Drachen zurückzuziehen.

Aber Marco sorgte sich um Ramis und hörte kaum, was die Selyoni sagte. Was hatte der Alerer denn nun vor?

Nur etwa vier, fünf Meter von dem rasenden Tier entfernt kniete Ramis nieder und zielte mit seinem Gewehr schräg in die Höhe. Marco begriff: Er wollte versuchen, die verletzliche Kehle des Drachen zu treffen, und dazu musste er von unten nach oben schießen.

Unversehens erwischte ihn jedoch die Spitze eines Flügels. Ramis wurde hart zur Seite geschleudert. Doch noch im Fallen zielte er und schoss. Danach rollte er sich blitzschnell von dem Drachen weg, sprang hoch und setzte mit einem gewaltigen Satz über die Sperre aus Steinen und Ästen, die von den Drachen als Schutz für ihre Jungen vor dem Abgrund errichtet worden war.

Ein neuer Feuerstoß verfolgte Ramis und setzte die dürren Zweige der Barriere in Brand. Der immer heftiger auffrischende Wind blies Funken in die Richtung der Beobachter. Regentropfen begannen jetzt, spärlich noch, aus dem inzwischen schwarzgrau zugezogenen Himmel zu fallen, doch sie vermochten gegen die Flammen nichts auszurichten.

Marco betete inbrünstig, dass Ramis nicht verletzt worden war.

Jedenfalls hatte er den Drachen getroffen, denn dieser begann jetzt zu taumeln. Wie ein Schiff auf stürmischer See schlingerte er hin und her. Das Betäubungsmittel entfaltete seine Wirkung.

Der zweite Drache schien unschlüssig, wen er attackieren sollte, die beiden zwischen den Bäumen versteckten Feinde oder den Gegner hinter dem brennenden Felswall. Aufgebracht schwang sein mächtiger Kopf hin und her.

Da! Da war Ramis wieder! Und er schien unversehrt.

Der Gedanke schoss Marco durch den Kopf, dass es jetzt gut wäre, wenn jeder von ihnen ein Vrim, eines dieser schützenden Kraftfelder, um sich hätte. Dann wären sie jetzt alle unsichtbar und, was noch viel wichtiger wäre, es könnte ihnen auch keiner etwas anhaben. Aber daran schien selbst der umsichtige Ramis beim Aufbruch hierher nicht gedacht zu haben.

Marco konnte ja nicht wissen, dass auf ganz Xello nur ein einziges Vrim existierte. Seit undenklichen Zeiten wurde es wie ein Heiligtum verehrt und durfte nur zu ganz besonderen Gelegenheiten aus seiner Panzerglasvitrine im königlichen Palast geholt und benutzt werden. Kein Bewohner des Planeten hätte sagen können, woher dieses Vrim stammte, und auch die ältesten Überlieferungen gaben darüber keinen Aufschluss. Die vorherrschende Meinung besagte, dass es in grauer Vorzeit von Außerirdischen nach Xello gebracht und von ihnen dort im Land der Vyroner vergessen worden war.

Die Königin hatte das Vrim auf den Flug zum Mars mitgenommen, weil sie sich mit seiner Hilfe eine reibungslose Entführung ihres Sohnes Makkomras versprochen hatte. Und so war es ja auch gekommen. Ramis hatte Marco unter dem Vrim ungesehen und unbeschadet zur *Bogradir* gebracht.

Eine Drachenjagd auf Posano I jedoch stellte für den Alerer keine Gelegenheit dar, zu der man ein Vrim benötigte, und das Beobachten der Tiere erforderte erst recht keines. Deshalb war das kleine Kästchen, das diesen Schutzschirm erzeugen konnte, heute in seinem mehrfach gesicherten Tresor im Raumschiff zurückgeblieben.

Der von Ramis getroffene Drache schwankte indessen immer stärker hin und her. Rauchwolken entwichen unter Schnauben seinem weit geöffnetem Maul und umwaberten den wankenden Koloss. Aus seinen muskulösen Beinen wich die Kraft. Jetzt knickte er sogar in den Gelenken ein. Ermattet stolperte er über den Platz.

Der andere Drache schien vom Verhalten seines Partners stark irritiert. Fauchend wich er zurück, als der Gefährte sich ihm näherte, ihn anrempelte, ihn fast umwarf. Er blies ihm zornig schwarzen, rauchigen Atem entgegen. Doch sofort widmete er seine Aufmerksamkeit wieder den zweibeinigen Störenfrieden. Noch scharrte er unentschlossen im Sand und trat dabei Steine aus der Umgrenzung los. Sie polterten hinter ihm in einer Fontäne aus Sand und abgebrochenen Ästchen in den Abgrund.

Plötzlich ging das gewaltige Tier mit ausgebreiteten Flügeln zum Angriff über. Den Kopf hoch erhoben, stieß es einen markerschütternden Schrei aus, einer Fanfare gleich, die ein Heer zum Ansturm treibt.

Ramis reagierte im gleichen Augenblick. Er legte sein Gewehr an und schoss dem attackierenden Drachen die betäubenden Strahlen entgegen.

Selbst der unerfahrene Marco konnte deutlich am Zusammenzucken des Tieres erkennen, dass Ramis auch hier die weiche Kehle genau getroffen hatte.

Der Drache stockte. Gleich darauf begannen die Bewegungen seiner Vorderbeine fahrig zu werden. Plötzlich fiel er schwer zur Seite.

Doch es waren gewaltige Tiere, und Ramis hatte seine Waffe auf geringe Wirkung gestellt, um die Gesundheit oder gar das Leben der Drachen nicht zu gefährden. Der Drache kam wieder auf seine schwankenden Beine, doch drohten sie ständig unter ihm nachzugeben. So stolperte er eine Weile schnaubend im Kreis, immer näher an den zweiten Drachen heran. Der saß inzwischen fast betäubt am Rand des Abgrunds. Vergeblich versuchte er durch ein kraftloses Heben des

Kopfes die Ohnmacht abzuwehren, die ihn endgültig niederzuringen drohte.

Die Königin schien zu ahnen, was unweigerlich folgen musste. Ein gepresstes Stöhnen entrang sich ihrer Kehle, und mit weit aufgerissenen Augen starrte sie durch den dichter werdenden Vorhang aus Regen auf den Ort des Geschehens.

Es ging alles ganz schnell. Die beiden Drachen stießen zusammen, kippten unbeholfen hintenüber und stürzten über den Wall aus Steinen. Unter mattem Flügelschlag verschwanden sie in der Tiefe.

Ramis rannte in langen Sätzen zu der Stelle, wo nun eine große Lücke in der Steinbarriere klaffte. Er trat bis nah an den Abgrund und schaute hinunter ins Bodenlose. Es schien unendlich lange Zeit zu vergehen, bis er sich wieder zu Marco und der Selyoni herumdrehte. In einer resignierten Geste wischte er sich den Regen aus dem Gesicht. Niedergeschlagen kehrte er zu ihnen zurück.

Das Gesicht der Königin war bleich. „Diese wunderbaren Geschöpfe ...“ flüsterte sie voller Trauer.

Marco sah, dass ihre Augen nass schimmerten. Es waren nicht nur Regentropfen.

Dreizehntes Kapitel

„Ihr wollt sie hier allein lassen?“, schrie Marco erbittert mitten in einen lauten Donnerschlag hinein. „Ihr sagt, sie können noch nicht selbstständig für ihr Futter sorgen, und dann wollt ihr sie hier allein zurücklassen?“

Der brennende Blick des Jungen wanderte dabei hinüber zur Höhle, in der die beiden Drachenjungen vor kurzem verschwunden waren. Seither hatte man nichts mehr von ihnen gesehen. Ob sie verstanden hatten, dass sie nun Waisen waren? Dass ihre Eltern nie mehr zurückkehren würden, um ihnen Nahrung zu bringen, um sie zu beschützen und um sie alles das zu lehren, was ein Drache wissen und können musste?

Irritiert leckte Marco sich die Regentropfen von den Lippen, die aus seinen Haaren über sein Gesicht in den Mund rannen.

Inzwischen hatten sich auch Verra und Kaos mit den eigenen Drachen wieder zu ihnen gesellt. Stumm und mit betretenen Gesichtern standen sie neben der Selyoni und Ramis, die ihrerseits reichlich hilflos den verzweifelten Ausbruch des Jungen verfolgten.

Regen, vermischt mit Hagelkörnern, prasselte auf sie nieder und peitschte schmerzhaft ihre Gesichter. Längst war ihre Kleidung durchweicht, und ihre nassen Körper zitterten unter den heftigen Windböen in Kälteschauern. Schwarze Wolken, aus denen immer häufiger und immer näher grelle Blitze zuckten, verschluckten nach und nach das Tageslicht. Bedrohliche Dunkelheit brach herein. Über ihre Köpfe hinweg rollte ohrenbetäubender Donner von einer Seite des Himmels zur anderen.

Sie beachteten es kaum. Selbst Marco nicht, für den doch eine derart entfesselte Natur etwas völlig Neues war. Zu sehr waren sie alle in den Streit um das Schicksal der elternlosen Drachenkinder vertieft.

Ihre Reitdrachen hingegen hatten sich ein Stück weit entfernt unter einen Felsüberhang zurückgezogen, der jedoch viel zu klein war, um den vier großen Tieren ausreichend Schutz zu gewähren. So drängten sie sich gegen den Felsen, als wollten sie mit ihm verschmelzen, und schnaubten missmutig vor sich hin, während das Wasser in hellen Bächen von ihren glänzenden Leibern floss. Selbst die brennendste Sonne machte ihnen nichts aus. Aber Regen verabscheuten sie aus vollem Herzen.

Marco stieß seinen zitternden Zeigefinger durch den Regenvorhang hindurch auf die Selyoni. „Das hätte ich nie von dir gedacht!“, schrie er. „Vorhin hast du geweint, als du gesehen hast, wie die großen Drachen gestorben sind. Und jetzt willst du auch ihre Kleinen töten? Das verstehe ich nicht.“

Verra und Kaos zuckten zusammen. Wie konnte der Junge nur so respektlos mit seiner Königin reden? Er war ihr Sohn, das mochte vieles entschuldigen, doch es berechtigte ihn noch lange nicht dazu, ihr solche unverschämten Vorwürfe zu machen.

„Ich ... ich habe nicht geweint“, sagte die Königin, wie um sich zu verteidigen. Doch es klang viel zu lahm.

Sie holte tief Luft und fuhr mit festerer Stimme fort: „Ich erklärte dir bereits, Makkomras, dass wir nicht in die Natur eingreifen dürfen. Sie müssen alleine überleben."

„Wer hat hier in die Natur eingegriffen?", erregte sich Marco nun noch mehr. „Wir! Wir waren es! Wer in der Natur hätte sonst mit Lähmungsstrahlern auf ihre Eltern geschossen?"

„Du wirst dich noch wundern, welche Lebewesen du im Laufe der Zeit noch kennenlernen wirst", mischte sich jetzt Ramis wieder ein. „Ich kann dir auf Anhieb fünf verschiedene Arten nennen, die ihre Beute durch Lähmungsgifte wehrlos machen."

„Das ist etwas ganz anderes", beharrte Marco.

„Was ist daran anders?", verlangte Ramis zu wissen. „Das Ergebnis ist immer gleich: Es lautet ‚Tod'."

„Ramis, bitte nicht! Er ist doch noch ein Kind", wandte die Königin mitleidig ein.

„Es ist mir ganz egal, was er sagt." Marco dachte nicht daran aufzugeben. „Wie könnt ihr nur so hartherzig sein? Ich werde mich jedenfalls keinen Schritt von hier fortbewegen, wenn ihr die Drachenkinder nicht mitnehmt. Und wage es ja nicht, mich zu beeinflussen, Ramis!"

„Was wolltest du dagegen tun?", fragte Ramis mit gespielter Neugier. Doch er ersparte dem Jungen eine Antwort. „Keine Sorge, Makkomras, ich werde dich nie wieder beeinflussen. Du sollst ungehindert einen eigenen starken Willen entwickeln, der eines zukünftigen Selyon würdig ist."

Marco starrte ihn an, immer noch wütend, immer noch verzweifelt und immer noch bereit, um die Drachenkinder zu kämpfen.

„Gut!“, sagte er dann mit hoher, aufgeregter Stimme. „Gut, dann befehle ich dir jetzt als dein zukünftiger König, diese beiden Drachen vor dem Verhungern zu retten.“

„An einem starken Willen scheint es dir schon jetzt nicht zu mangeln“, bemerkte Ramis beifällig und wechselte einen belustigten Blick mit der Königin, was Marco noch mehr aufbrachte. „Du solltest aber nicht vergessen, dass dir die Würde eines Selyon erst dann zufällt, wenn deine Mutter nicht mehr am Leben ist. Es sei denn, sie überlässt dir die Krone früher.“

„Ich sagte, ich befehle es als dein ‚zukünftiger‘ Selyon.“ Marco merkte selbst, wie lächerlich sein Aufbegehren war. Er war in eine Sackgasse geraten. Wie sollte er da wieder herauskommen?

Er war sich auch durchaus im Klaren darüber, dass er sie mit Worten überzeugen musste. Eine andere Wahl hatte er nicht. Wenn sie die Drachen nicht mitnehmen wollten, dann würden sie das auch nicht tun. Ihn selbst hingegen würde Ramis mit seinen muskulösen Armen einfach um die Taille packen und wie einen zappelnden Fisch hier weg und auf seinem Drachen zum Raumschiff transportieren. Das war so sicher wie das Amen in der Kirche, wie Mom immer zu sagen pflegte.

Ein krachender Donner ließ die kleine Gruppe zusammenzucken. Das Gewitter hing jetzt direkt über ihnen im Berg. Blitz folgte auf Blitz. Oben am Gipfel ballten sich die tief hängenden Wolken.

„Hier können wir nicht länger bleiben.“ Die Königin schaute besorgt in das unheilvolle Wabern zu ihren Häuptern.

„Du hast Recht“, pflichtete Ramis ihr bei. „Wir sind viel zu leichtsinnig.“

Marco war sich der Gefahr, in der sie alle schwebten, bisher nicht vollständig bewusst gewesen. Jetzt bekam er es mit der Angst zu tun. Wenn schon diese beiden, die ihm doch eher mutig und draufgängerisch zu sein schienen, Besorgnis zeigten, dann musste es wirklich gefährlich sein, sich mitten in einem Gewitter aufzuhalten. Zwar wusste er, dass ein Blitz überall dort einschlagen konnte, wo es keinen Blitzableiter gab, auch in einen Menschen, aber bisher war dieses Wissen reine Theorie gewesen. Zu Hause in der Marskuppel hatte es keine Gewitter gegeben.

„Kommt!“ Ramis setzte sich in Bewegung. Die anderen folgten, am schnellsten Verra, die sich offenbar am allermeisten vor Blitzen fürchtete. Sie rannte fast.

Nur Marco blieb trotzig stehen, wo er stand, obwohl auch ihm die Angst jetzt in alle Knochen kroch. Aber er würde es ihnen zeigen. Keinen Schritt würde er gehen, bevor er ihnen das Versprechen abgerungen hatte, dass sie die Drachenjungen mitnahmen.

Wo gingen die denn überhaupt alle hin? Doch nicht etwa in die Höhle?

Doch, genau das taten sie. Schon näherten sie sich dem schwarzen, unheimlichen Loch, das nichts von seinen Geheimnissen in seinem Inneren preisgab. Marco dachte an die Drachenjungen, die größer waren als er selbst, und an ihre kraftvollen Bewegungen bei ihrem spielerischen Kampf. Ein Hagelkorn traf schmerzhaft sein Ohr. Mit einem Schmerzenslaut rieb er sich die getroffene Stelle.

Ramis war im Höhleneingang stehen geblieben. In seinen Augen blitzte es. War es etwa Spott?

Marcos Körper versteifte sich voller Trotz. Bloß keine Angst anmerken lassen!

„Ein Gewitter mag schön und aufregend sein, Makkomras, aber hier drinnen hast du die Gelegenheit, deine Drachenbabies aus nächster Nähe zu sehen."

Es klang nahezu unbeteiligt. Und schon drehte sich der Alerer um und betrat endgültig die Höhle, in der die anderen längst verschwunden waren.

Marco war ziemlich erleichtert, endlich einen Grund zu haben, diesen unwirtlichen Platz inmitten der entfesselten Naturgewalten verlassen zu können. Fast fluchtartig rannte er zum Höhleneingang hinüber. Wenn sich selbst die ängstliche Verra bedenkenlos in die Nähe der jungen Drachen wagte, dann musste es wirklich nur halb so gefährlich sein, wie er befürchtete.

Einige Schritte hinter dem Eingang wartete Kaos mit einer Lampe auf ihn. Darüber war Marco sehr froh, denn hier im Höhlengang wäre es sonst sicherlich stockfinster gewesen. Im Widerschein des künstlichen Lichts allerdings glitzerten die Felswände, als seien sie mit Millionen winziger Sternchen durchsetzt.

Kaos grinste den Jungen freundlich an und schnippte ihm mit dem Zeigefinger einen Regentropfen von der Nasenspitze.

Marco grinste zurück. „Ziemlich nass da draußen."

Kaos' Grinsen verschwand, und er nickte ernsthaft zu Marcos Worten. Dann klopfte er ihm auf die Schulter und deutete mit seiner Lampe voraus. Einträchtig gingen sie nebeneinander her, immer dem Lichtkegel der Lampe nach.

Der Gang erwies sich als ziemlich hoch und breit, ganz entgegen dem äußeren Anschein. Nun ja, immerhin hatten ja auch die mächtigen ausgewachsenen Drachen hier gehaust, nicht nur die Drachenkinder. So riesige Tiere brauchten schon eine Menge Platz zum Bewegen.

Ein durchdringender Geruch lag in der schwülheißen Luft, der immer stärker wurde, je weiter sie kamen. Marco rümpfte die Nase. Drachenmist, verfaulende Fleischfetzen an abgenagten Gerippen und was sonst noch ... das war ja widerlich! Die Wärme aber hieß er willkommen, denn er war so nass und durchgefroren, dass er alle Mühe hatte, seine Zähne am Klappern zu hindern.

Plötzlich verbreiterte sich der Gang zur eigentlichen Höhle. An dieser Stelle hatten sich die Selyoni, Verra und Ramis auf dem Boden niedergelassen. Die Höhle selbst lag im tiefsten Dunkel, so dass man ihre Ausmaße nicht erkennen konnte. Auch von den Drachenjungen war nichts zu sehen und nichts zu hören. Sie schienen sich vor den Eindringlingen zu verstecken.

„Sie wissen, dass wir hier sind“, erklärte die Königin, als hätte sie Marcos Gedanken erraten. „Wir bedeuten für sie Gefahr, und so verhalten sie sich ganz still und hoffen, dass sie nicht bemerkt werden. Wären sie nur ein wenig älter, könnten wir hier nicht so gemütlich sitzen.“

Sie deutete auf den Boden neben sich, und Marco setzte sich zu ihr. Als die Königin einen Arm um seine Schultern legte, wehrte er sich nicht, sondern drängte sich unbewusst noch näher an sie. Ihm war ja so schrecklich kalt! Aber nun wurde es allmählich besser. Er gähnte herzhaft.

„Schlaf ein bisschen“, sagte die Selyoni. „Du verpasst nichts. Wir werden hier das Unwetter abwarten. Früher können wir deine Drachen sowieso nicht betäuben. Es fehlte noch, dass sie wieder wach werden, bevor wir sie sicher in den Käfigen auf dem Raumschiff haben.“

Marco fuhr in die Höhe. „Drachen ... betäuben ... Raumschiff?“

„Der Wunsch meines zukünftigen Selyon ist mir Befehl“, spöttelte Ramis. „Wir werden die Drachen mitnehmen. Du wirst sie aufziehen und ausbilden, und es werden ganz allein deine Tiere sein. Beschwere dich aber jetzt bitte nicht, dass wir sie betäuben müssen. So ist es am schonendsten für sie. Und nun bedanke dich bei deiner ... bei der Selyoni. Sie hat es erlaubt.“

Marco konnte es kaum glauben: Die Drachen sollten gerettet werden, das hatte er sich doch so sehnlich gewünscht. Freude und Dankbarkeit überwältigten ihn fast. Und so geschah es beinahe wie von selbst: Auf einmal hatte er beide Arme um den Hals der Selyoni geschlungen und ihr im Überschwang der Gefühle einen festen Kuss auf die Wange gedrückt.

Plötzlich wurde ihm bewusst, was er da tat. Mom fiel ihm ein. Sie hatte er schon lange nicht mehr umarmt. Zu erwachsen dafür sei er, hatte er großspurig erklärt, als sie sich einmal bei ihm darüber beschwert hatte. Und jetzt umarmte er hier diese fremde Frau, ja, er hatte sie sogar geküsst! Sie, die ihn seiner Mom hatte wegnehmen lassen.

Er versuchte sich von ihr frei zu machen, doch die Königin zog ihn nur noch fester an sich. Mit einer Hand umfasste sie seinen Hinterkopf und drückte sein Gesicht in die Beuge ihres Halses.

Und da gab er nach. Er vergrub sein Gesicht in ihren langen, nassen Haaren, die nach Regen, Wind und Parfum dufteten und genau so schwarz wie seine eigenen waren. All sein Kummer brach aus ihm heraus, obwohl er sich doch geschworen hatte, sie niemals seine Tränen sehen zu lassen.

Sie streichelte sanft über seinen Kopf.

„Ich weiß, Makkomras, ich weiß“, flüsterte sie mit Tränen in den Augen. „Dein Verlust ist groß. Aber genau so groß kann dein Gewinn sein. Du kannst ein großer Mann eines großen Volkes werden. Die Entscheidung wird ganz allein bei dir liegen, das verspreche ich dir. Aber du musst tapfer durchhalten und reif genug werden, diese Entscheidung fällen zu können. Diese Chance musst du uns beiden geben.“

Er hörte ihr Murmeln dicht an seinem Ohr. Doch sein Translator war zwischen ihnen eingeklemmt und konnte die Worte nicht erfassen. Aber die unverständlichen vyronischen Laute besänftigten Marco auf wundersame Weise. Er schlief ein.

Vierzehntes Kapitel

Bis zur Landung in seiner neuen Heimat, dem Planeten Xello, blieb Marco Mars auf dem Raumschiff der Selyoni. Sie wollte ihren Sohn in ihrer Nähe behalten, hatte sie gesagt, jetzt, da sie ihn endlich wieder zu sich geholt hatte. Ramis brachte ihm die wenigen Sachen, die er inzwischen sein Eigen nannte, von der *Bogradir* herüber.

Gemeinsam mit der Königin sollte Marco den Bewohnern Selvyros, den Vyronern und Alerern, bei ihrer Ankunft gegenübertreten. In Scharen würden sie zum Raumhafen kommen, um ihn willkommen zu heißen, hatte Ramis ihm prophezeit. Bei dem Gedanken wurde Marco ganz flau.

Nun war es bald soweit, das Raumschiff war schon aus dem Hyperraum getreten. Ramis und die Selyoni waren mit der Besprechung irgendwelcher Staatsangelegenheiten beschäftigt, und so war Marco sich selbst überlassen. Er war gar nicht traurig darüber, denn so konnte er sich in die Etage des Raumschiffs schleichen, wo die Drachen untergebracht waren.

Vor dem großen Tor zu den Käfigen traf er auf die Alererin mit der weißen Mähne, die er dort vorher schon einmal gesehen hatte. Sie verbeugte sich höflich vor Marco. Wie gerne hätte er sie daran gehindert, weil es ihm peinlich war, doch er wusste nicht, wie er es anfangen sollte. Und da hatte sie sich auch schon wieder aufgerichtet.

Sie warf einen schnellen Blick auf ihren Translator, den sie wie alle anderen am Gürtel trug. Er schien richtig eingestellt, denn sie fragte gleich darauf: „Du willst sicher deine beiden Drachen besuchen, Sel Makkamras?“ Und als er nickte: „Ich darf dich nur zu ihnen lassen, wenn du mir versprichst, nicht zu nahe an die Käfige heranzugehen. Die Drachen sind zwar noch jung, aber sie sind ungebärdig und könnten dir ein Leid antun. Hauptsächlich ihre unkontrollierten Feuerstöße sind eine große Gefahr, obwohl sie noch nicht sehr weit reichen. Die großen Drachen sind ungefährlich. Sie sind ausgebildet und die Freunde der Alerer und Vyroner.“

„Ich passe schon auf“, versicherte Marco, erleichtert, dass sie ihn nicht wieder wegschickte.

Oh, er hatte noch viel zu lernen. Keiner würde ihn jemals wieder so einfach wegschicken, jedenfalls nicht hier bei den Vyronern und Alerern. Zwar war er nicht ihr Herrscher, doch immerhin ihr Sel, der Prinz, denn er war der Sohn der Königin. Und diesem konnte man nicht ohne weiteres befehlen. Dies und noch viel mehr hatte ihm Ramis erklärt. Aber er hatte ihm auch in aller Deutlichkeit ans Herz gelegt, dass dies kein Freibrief für Marco war, dass er klug und umsichtig mit seinen Befugnissen, mit dieser gesamten neuen Würde umzugehen hatte. Schon jetzt trug er eine große Verantwortung.

Die weißmähnige Alererin öffnete für Marco eine der beiden mächtigen Flügeltüren und trat dann beiseite, um ihn einzulassen.

„Danke“, murmelte Marco schüchtern. Dann fasste er sich ein Herz: „Wie heißt du?“

„Meine Name ist Mori“, antwortete die Alererin freundlich. „Ich bin die Drachenwächterin und außerdem für die Ausbildung der Drachenreiter verantwortlich. Wenn Ramis verhindert ist, werde ich ihn bei deiner Ausbildung und der deiner Drachen vertreten.“

„Das ist schön“, erwiderte Marco, denn mehr wusste er darauf nicht zu sagen. Mori. Ja, sie schien sehr nett zu sein, da brauchte er sich vor dem Drachenreiten wohl nicht zu fürchten. Wenigstens nicht allzu sehr.

„Ich lass‘ dich jetzt allein, denn ich habe noch zu tun. Denke daran: Bleib weg von den Gitterstäben der Jungdrachen!“, schärfte sie ihm noch einmal ein.

Nun war Marco allein. Tief atmete er den strengen Geruch der Drachen ein, die entspannt in ihren Käfigen ruhten. Als er sich näherte, hoben sie die stolzen Köpfe und betrachteten ihn forschend aus ihren klugen Augen. Er erwiderte ihre Blicke, ernst und genauso forschend. Es war wie ein gegenseitiges Kennenlernen.

Schließlich begann er mit ihnen zu sprechen, versicherte ihnen, wie schön sie seien und wie sehr er sie bewunderte. Und dass er sich riesig darauf freue, bald mit ihnen zusammen zu arbeiten. Und er versprach ihnen, die beiden Kleinen ihrer Art, die man ihm als Reittiere überantwortet hatte, immer gut zu behandeln.

„Meine Freunde sollen sie werden“, versprach er. „So wie ihr die Freunde von Ramis und der Selyoni seid. Und vielleicht bald auch meine.“

Die Tiere schnaubten. Sie wiegten ihre großen Köpfe hin und her, so als hätten sie ihn verstanden und hießen gut, was er ihnen versprochen hatte.

Auch die beiden Drachenkinder, die so viel kleiner waren als ihre ausgewachsenen Artgenossen, aber immer noch viel größer als Marco, hatten ihn aufmerksam angeschaut, ihm zugehört. Dies allerdings nur für einen kurzen Moment. Jetzt, als Marco schwieg, wandten sie sich wieder von ihm ab und den Fressnäpfen zu, die ihnen von Mori mit blutigen Fleischstückchen gefüllt worden waren.

Marco ließ sich auf den Boden vor den Käfigen nieder. Nachdenklich schlang er seine Arme um die Unterschenkel und stützte sein Kinn auf die Knie.

„Das war eine gute Rede!“, lobte da eine tiefe Stimme in seinem Rücken.

Marco brauchte sich gar nicht umzuschauen. Diese Stimme kannte er mittlerweile bestens. Wenn auch die Translatoren immer im gleichen Tonfall erklangen, so hatte Marco sich doch angewöhnt, auch auf die Stimmen derer zu achten, die den jeweiligen Translator auslösten. Und diese tiefe Stimme, die wie die eines Bären klang, gehörte zu Ramis.

Marco schaute zu ihm hoch, zu dem groß gewachsenen Alerer mit der dunkelbraunen, ungezähmten Mähne, deren Stirnfransen teilweise so lang waren, dass sie ihm über die warmen lebendigen Augen fielen. Er sah ihn lächeln, sah diese weißen, spitzen Zähne fröhlich aufblitzen.

Ein warmes Gefühl durchströmte Marco. Nein, er war nicht allein. Er hatte einen guten Freund, der ihm auf seinen Wegen in der neuen Welt zur Seite stehen würde. Es gab auch eine Frau, die ihn von Herzen liebte, weil er ihr Sohn war, es gab ein ganzes Volk, das große Erwartungen in seinen zukünftigen Herrscher setzte. Und es gab die Drachen, deren Freundschaft er sich erhoffte.

Und immer blieb ihm der Weg zurück zum Mars, später, wenn seine Entscheidung gefallen war. Ein ganzes Leben lag vor ihm. Er wollte es genießen.

Ramis hockte sich neben Marco nieder, und zusammen leisteten sie den Drachen eine Weile Gesellschaft, diesen treuen Tieren, die würdevoll ihr Leben mit den Vyronen und Alerern teilten.

Schließlich legte Ramis die Hand mit den schwarzen Krallen auf Marcos Arm. Der Junge drehte den Kopf zu ihm und lächelte ihn an.

„Komm, Makkamras, die Selyoni und dein Volk warten", brummte Ramis.

Die weiteren Abenteuer von

MARCO MARS

in Vorbereitung:

Bd. 2:

Sel von Xello

Bd. 3:

Die Entscheidung

Informationen
im Internet unter:
www.bejot.de/MarcoMars.html